AF460104

1904 · Novembre 10

VENTE DES 10 ET 11 NOVEMBRE 1904

COLLECTION TITEUX

ESTAMPES

LIVRES

DOCUMENTS MILITAIRES

COMMISSAIRES-PRISEURS

Me MAURICE DELESTRE
5, rue Saint-Georges

Me HENRI BERNIER
11, rue Saint-Lazare

EXPERTS

MM. A. GEOFFROY FRÈRES, Marchands d'Estampes
5, rue Blanche

—

PARIS

IMPRIMERIE DE L'ART

VENTE

APRÈS DÉCÈS DE M. LE LIEUTENANT-COLONEL TITEUX

Ancien Professeur à l'École de Guerre

COSTUMES MILITAIRES

FRANÇAIS ET ÉTRANGERS

ESTAMPES, LIVRES, RECUEILS

COLLECTION COMPLÈTE

DES

Pierres lithographiques des **Uniformes de l'Armée Française**

DE LAMI ET VERNET

HOTEL DES COMMISSAIRES-PRISEURS

9, RUE DROUOT, SALLE N° 7

LES JEUDI 10 et VENDREDI 11 NOVEMBRE 1904

A DEUX HEURES

COMMISSAIRES-PRISEURS

Me Maurice DELESTRE	Me Henri BERNIER
5, rue Saint-Georges	11, rue Saint-Lazare

Assistés de

MM. A. GEOFFROY Frères, Marchands d'Estampes

5, rue Blanche

ORDRE DES VACATIONS

Première vacation (Jeudi 10)

Livres en lots. . . . . N° 342
Livres divers. . . . . Nos 146 à 341

Deuxième vacation (Vendredi 11)

Estampes diverses. . . . . Nos 343 à 377
Historiques. . . . . Nos 123 à 145
Costumes militaires. . . . . Nos 1 à 122

CONDITIONS DE LA VENTE

La vente se fait au comptant.

Les acquéreurs paieront *dix pour cent* en sus du prix d'adjudication.

MM. A. GEOFFROY Frères se réservent la faculté de réunir ou de diviser les numéros.

Paris. — Imp. de l'Art, E. Moreau et Cie, 41, rue de la Victoire.

DÉSIGNATION

COSTUMES MILITAIRES

1 — **Adam.** Voyage pittoresque et militaire de Willenberg en Prusse jusqu'à Moscou. Fait en 1812, pris sur le terrain même et lithographié par Albert Adam. *Munic*, 1828, in-fol., demi-rel. Piqûres.

Exemplaire ne contenant que 80 planches. Le texte est également incomplet.

2 — **Ambert.** Esquisse historique des différents corps qui composent l'Armée française. Dessinées par Aubry. *Paris, Degouy, s. d.*, in-fol., demi-rel., 16 planches sur chine. Taches et déchirures.

3 — **Armand-Dumaresq.** Uniformes de la **Garde Impériale**, en 1857, dessinés sous la direction du général de division Hecquet. *Paris, Impr. Impér.*, 1858, gr. in-fol., cart. orig.

Suite rare et complète de 1 titre, 5 tableaux de texte et 55 planches lithographiées *coloriées*. Ouvrage non mis dans le commerce. Bel exemplaire.

4 — **Du même.** Uniformes de l'Armée française en 1861, dessinés sous la direction du général de division Hec-

quet. **Troupes de ligne**. *Paris*, *Lemercier*, 1861, gr. in-folio, cart. orig.

Suite complète de 1 titre, 1 table et 56 planches lithographiées *coloriées*. Ouvrage non mis dans le commerce. Bel exemplaire.

5 — **Armée Française**. Publiée par Blaisot. *Paris*, *s. d.*, in-8°, cart. de publ.

Grande lithographie coloriée se dépliant sur environ 2 m. 50 cent. et représentant un défilé des troupes devant le Roi Charles X.

ART MILITAIRE

6 — **Artillerie** (Abrégé d'), par M. Manson, lieutenant-colonel, sous-directeur de l'Artillerie à Strasbourg, 1770. *Manuscrit*, pet. in-fol. de 140 p.— Ancien Mémoire de l'Artillerie française. *Manuscrit*, pet. in-fol. de 563 p. — Album in-fol. de *62 dessins* représentant les différentes manœuvres du canon. Ens. 3 vol. rel.

7 — **Basta** (Georges). Le Gouvernement de la Cavallerie légère. Traicté qui comprend mesme ce qui concerne la grave... *A Rouen*, *chez J. Berthelin*, 1627. Dédié au duc de Rohan Montbason, in-4° vélin. Planches.

8 — **Divers**. Règlement, ordonnances, manuels, etc. Env. 70 vol.

9 — **Exercice des armées françoises** (L') sous le roy Louis XIII, par Louis de Chabans, sieur du Maine. *Paris*, 1610. — Les reigles, sentences et

maximes de l'art militaire, et les remarques du sieur de Meynier sur le devoir des simples soldats et de leurs supérieurs. *Paris*, *Guillemot*, 1617. — Les Discours et questions militaires, dédiez au roy Louys XIII, par le sieur du Praissac. *A Rouen*, *chez Louys du Mesnil*, 1636. Figures. — Petit traitté touchant l'art militaire fait en l'année 1694. *Manuscrit*. Ens. 4 vol., in-8°, rel. var.

10 — **Giffart**. L'Art militaire françoise, pour l'Infanterie. Dédié à Mgr le mareschal de Boufflers. Edition d'*Augsbourg*, 1697, in-12 vélin. 85 figures.

11 — **Idées d'un militaire** pour la disposition des troupes confiées aux jeunes officiers dans la défense et l'attaque des petits postes, par M. Fossé, officier au Régiment d'Infanterie du Roi. Dédié à M. le duc du Châtelet. *Paris*, *Jombert*, *impr. Didot*, 1783, in-4°, demi-rel.

Armoiries et 11 planches *gravées en couleurs* par Louis Marin-Bonnet, « premier graveur dans ce genre ».

12 — **Manœuvres** de l'Artillerie à cheval à l'usage du 1er régiment. *Milan*, *vendémiaire an XI*. — Tactique des Grenadiers à cheval. *Vitry*, 1771. — Institutions militaires pour la Cavalerie et les Dragons, par M. de la Porterie, 1754. — Ecole historique et morale du soldat et de l'officier, avec des portraits, 1788. 3 vol. Ens. 4 ouv. en 6 vol. rel.

13 — **Manuscrit**. L'entrée aux Sciences nécessaires aux élèves de la guerre, par Dumoutier, 1730. Fortification, artillerie, ordres d'architecture, cadrans, blasons, etc., in-4° rel. veau. Nombreux dessins.

14 — **Marzioli** (Francesco). Precetti militari, consacrati all' immortal nome dell' Altezza serenissima di Ferdinando Maria duca dell' una e dell' altra Baviera. *In Bologna*, 1673, in-fol., vélin. Planches.

15 — **Ordonnance du Roi**, pour règler l'exercice de l'Infanterie, du 1er janvier 1766. *Paris, Impr. Royale*, 1766. — **Idem**, pour la Cavalerie, 1er juin 1766. En 1 vol. pet. in-fol., avec 2 Atlas de planches. Ens. 3 vol. rel. en vélin vert.

16 — **Ordonnance** du 1er janvier 1766 pour l'Infanterie. Avec planches. — Règlement concernant l'exercice et les manœuvres de l'Infanterie, du 1er août 1791. 1 vol. de texte et 1 vol. de planches. Ens. 3 vol. rel.

17 — **Pratique de la guerre**, contenant l'usage de l'artillerie, bombes et mortiers, feux artificiels et pétards, sappes et mines, ponts et pontons, tranchées et travaux... Ensemble un traité des feux de joye, par le sieur Malthus, gentilhomme anglois. *Paris, Clousier*, 1650. Dédié à Mgr le mareschal de La Melleraie, in-4° veau. Figures. 1 feuillet restauré.

18 — **Regole Militari** del Cavalier Melzo sopra il governo e servitio della Cavalleria. *In Anversa*, 1611, in-4° veau. Incomplet des planches 8 et 13.

19 — **Révolution**. Instruction pour les Gardes nationales, *janvier* 1771. — Règlement provisoire sur le service de l'Infanterie en campagne. *Au Fort d'Hercule, ci-devant Monaco, an III.* — L'Art militaire pour les troupes de ligne et nationales. An second.

Avec planches. — Règlemens pour le service de campagne de l'Infanterie de l'Armée du Rhin, ordonné par Luckner. *Strasbourg*, 1792. Ens. 4 vol. br.

20 — **Theatro Militare** del Capitano Flaminio della Croce, gentil'huomo Milanese. *In Anversa*, 1617, pet. in-4°, rel. cuir de Russie. Figures.

21 — **Walhausen** (J.-J. de). L'Art militaire pour l'Infanterie. *Imprimé à Francker, par Uld. Balck.* Dédié au Prince d'Orange par Théod. de Bry (*Oppenheim*, 1615). — **Du même.** Art militaire à cheval. Instruction des principes et fondements de la Cavallerie et de ses quatre espèces, ascávoir Lances, Arquebus et Drageons... *Imprimé à Francfort, aux frais de Théod. de Bry, l'an 1616.* Dédié au Comte Palatin. 2 vol. pet. in-fol. demi-rel. (différente). Planches.

---

22 — **Artaria.** Tableau général de la Cavallerie Autrichienne. — Tableau général de l'Infanterie Autrichienne. Gr. in-fol., par Mansfeld, d'après Kobell. Très belles épreuves, d'excellent coloris.

23 — **Du même.** Armée Anglaise en campagne.—Tableau de la Marine Anglaise. — Des Troupes Turques en campagne. — Le Grand Seigneur à la Revue de ses Janissaires. In-fol. Très belles épreuves coloriées. Quatre pièces.

24 — **Aubry.** Collection des Uniformes de l'Armée Française, 1823. Lithographies, in-fol. Titre, frontispice et dix planches. Belles épreuves coloriées.

25 — **Baudouin.** Exercice de l'Infanterie françoise....., dessiné d'après nature dans toutes ses positions et gravé par S.-R. Baudouin, 1757. In-fol., rel. veau. Exemplaire complet et à grandes marges.

Frontispice (pl. n° 1), d'après Pierre; Titre, d'après Bouchardon; Avertissement, d'après Saint-Aubin et 62 planches (2 à 63), plus la Table. Belles épreuves.

26 — **Borel.** Instructions militaires pour le maniement des armes, suivant l'ordonnance du Roi (1776)....., adopté par la Garde nationale. Orné de 32 figures, par Borel, citoyen-soldat. *A Paris, chez l'auteur*, 1791, in-8°, demi-rel. toile.

Petit livre d'instruction militaire fort intéressant et rare, contenant ses 32 planches intercalées dans le texte.

27 — **Boxel.** Memorie der particuliere Exercitie van de Compagnie Guardes van..... Holland en West-Vrieslandt, par Johan Boxel. *La Haye*, 1669-1670, pet. in-4°, demi-rel.

36 planches pour le mousquet, 20 pour la pique, 26 pour les mouvements d'ensemble. Au total 82 planches.

28 — **Cahiers d'enseignement illustrés**. *Paris, Baschet, s. d.*, en 2 vol. in-4°, demi-rel. Figures en noir et en couleurs.

29 — **Carré** (J.-B.-L.). Panoplie ou réunion de tout ce qui a trait à la guerre, depuis l'origine de la nation française jusqu'à nos jours. *Châlons-sur-Marne*, 1795. Atlas seul, in-fol., demi-rel.

40 planches à l'aquatinte. Très rare.

30 — **Charlet.** Infanterie légère Française : Carabinier, Voltigeur. Lithographies, in-fol., de Villain. Piqûres.

31 — **Du même**. Napoléon à cheval. — Croisez la baïonnette.— Papa, nanan. — L'Allocution. — Aux armes, citoyens. Lithographies, in-fol. Cinq pièces. Belles épreuves,

32 — **Chéreau** (F.). Nouveau Recueil des Troupes légères de France.... avec la date de leur création..... leur uniforme et leurs armes. *Paris*, *Chéreau*, 1747, in-fol., cart.

Suite rare, complète, dessinée par P.-B. de la Rue, gravée par Boucher, Aveline, etc., comprenant : Titre, par Babel ; dédicace et 12 planches, dont trois sont légèrement mouillées.

33 — **Chevalerie**. Der Rittersaal. Eine Geschichte des Ritterthums, seines Entstehens und Fortgangs, seiner Gebrauche und Sitten. Artistich erlautert von Fried. Martin von Reibisch ; historich beleuchtet von Dr Franz Kottenkamp. *Stuttgart*, *C. Hoffmann*, 1842, in-4° obl., cart. toile.

62 planches coloriées, rehaussées d'or et d'argent.

34 — **Cormier du Médic**. Tableau général des uniformes, ornements et équipements de l'Armée française. Année 1826. Grand placard in-fol. Lithographie de Engelmann.

Planche composée d'autant d'écussons qu'il y a de corps et de régiments. Chacun des écussons montre l'habillement et l'équipement, avec les couleurs distinctives et l'indication des grades. Très rare. Exemplaire plié et déchiré.

35 — **Debucourt**. Collection de Costumes dessinés d'après nature, par Carle Vernet. *A Paris*, *chez Bance*. Onze pièces in-fol., dont huit coloriées.

36 — **Du même.** Grand Garde de Lanciers Polonais en cantonnement. Pendants, gr. in-fol., d'après H. Vernet. Superbes épreuves, *imprimées en couleurs*. Encadrées.

37 — **De Gheyn.** Waffenhandlung von den Roren, Musquetten undt Spiessen (Maniement d'armes, d'arquebuses, mousquets et piques, représenté en figures.) *La Haye*, 1608, in-fol., demi-rel.

Trois parties comprenant 117 planches.

38 — **De Moraine.** L'Armée française et ses Cantinières. Album de 20 petites lithographies coloriées et pliées. — L'Armée et la Garde impériale. Album de 24 petites lithographies coloriées et pliées. *Martinet, éditeur*. Ensemble 2 vol. in-8° dans un des cart. de publ.

39 — **Detaille.** L'Armée Française. Types et uniformes. Texte par Jules Richard. *Paris, Boussod et Valadon*, 1885, in-fol., en livraisons.

60 planches en couleurs. Exemplaire taché.

40 — **Divers.** Chasseurs des Vosges à pied et à cheval. Partie supérieure d'une Affiche de recrutement (époque Louis XV). In-fol. Très belle épreuve, les costumes coloriés. Rare.

41 — Plan et élévation en perspective d'un des quatre Réfectoirs des soldats de l'Hôtel Royal des Invalides qui est le premier en entrant à gauche du côté de Paris. In-fol., sans noms d'artistes, avec légende explicative.

Curieuse et rare estampe.

42 — Brevets et En-têtes de lettres gravés. République et Empire. Réunion intéressante de 25 pièces.

43 — Costumes militaires français par Pajol, Lalaisse, Charlet, etc. En noir et en couleurs. 75 pièces.

44 — Armées étrangères. Planches de Finart, Pajol, Klein, Moltzheim, etc. 40 pièces.

45 — **Drapeaux**. Le comte L. de Bouillé. Les Drapeaux français. Etude historique. *Paris* 1875. Planches en couleurs. — Quarré de Verneuil. Les couleurs de la France, ses enseignes et ses drapeaux. *Paris* 1876. Planches en couleurs. 2 ouv. en un vol. — Rey. Histoire du Drapeau, des couleurs et insignes de la monarchie française. *Paris*, 1837, 2 vol. avec 24 planches. — Désiré Lacroix. Histoire anecdotique du Drapeau français. *Paris*, 1879. Ens. 4 ouv. en 4 vol. in-8°, demi rel. et le dernier broché.

46 — **ECKERT et MONTEN**. Les Armées d'Europe représentées en groupes caractéristiques... **Royaume de France**. *Wurzbourg, chez Ch. Weiss* (1844). In-folio, en feuilles.

Suite de 17 planches coloriées (au lieu de 18) avec les 3 schema (*rares*), dans la couverture française de publication. Série rare complète.

47 — **Suisse**. *Wurzbourg, chez Ch. Weiss*. Vers 1835. In-folio, en feuilles.

Collection complète des 16 planches coloriées. Une des plus rares séries d'Eckert et Monten.

48 — **Russie**. *Wurzbourg, chez Christian Weiss*. Vers 1835, in-fol., en feuilles.

Importante collection de 107 planches coloriées, plus 29 aperçus ou schéma.

49 — **Autriche**, 54 planches. — **Suède**, 40 planches. — **Etats d'Allemagne** : *Bade*, 21 planches. — *Bavière*, 51 planches. — *Brunswick et Holstein*, 29 planches. *Hanovre*, 22 planches. — *Hesse*, 45 planches. — *Mecklembourg*, 18 planches. — *Nassau*, 11 planches. — *Oldenbourg*, 8 planches. — *Principautés et Villes libres*, 44 planches. — *Prusse*, 51 planches. — *Saxe*, 37 planches. — *Wurtemberg*, 30 planches. Ens. quatre-cent-soixante et une (461) planches in-folio coloriées.

50 — **Écoles militaires** (Nos grandes) et civiles, par Rousselet. — Pinet. Histoire de l'École polytechnique. — Baron de Vaux. Les Écoles de Cavalerie. — Hennet. Les Compagnies de cadets-gentilshommes et et les Ecoles militaires. — Alex de Saillet. Les Ecoles royales de France. — Langlois. Souvenirs de l'Ecole de Mars. — Recueil d'édits et ordonnances concernant l'hôtel de l'École royale militaire. Etc. Ens. 8 vol.

51 — **Escrime**. La Boëssière. Traité de l'art des armes *Paris, Didot*, 1818. In-8° br. Planches. — Escrime à la bayonnette, par le capitaine Chatin. *Paris*, 1856. Planches. In-12, dem. rel. Ens. 2 vol.

52 — **Etat de service** de MM. les officiers de Royal-Roussillon, 1788. In-12, maroq. rou., dos orné, filets, tr. dorées. *Manuscrit* de 86 p. et 100 feuillets blancs, — Instruction concernant MM. les officiers, bas officiers et soldats du régiment de Beauvoisis, 1782. *Manuscrit* in-4° de 180 p. demi-rel. Ens. 2 vol.

53 — **Etat militaire**. Années 1766, 1774, 1777 et 1780.

4 vol. in-12, le premier relié en maroq. rou., les suivants rel. en veau et le dernier cartonné.

54 — **Faber du Faur**. Campagne de Russie, 1812. *Stuttgart, Autenrieth*. In-fol. obl. demi-rel. 100 planches en couleurs (deux sont en noir, une est mal classée et la planche 94-95 est collée sur toile). Sans titre. Très rare.

55 — **Fieffé**. Histoire des troupes étrangères au service de France.... et de tous les régiments levés dans les pays conquis. *Paris*, 1854. 2 vol. in-8° brochés. Ouv. illustré de 32 planches coloriées,

56 — **Franceschini**. Die Adjustirung der Armee Oesterreich-Ungarns (1877), in-22 Blatter, nach Zeichnungen der Oberlieutenants Fr. Franceschini. *Wien, Czeiger*, 1877. In-folio en feuilles, dans le cart. d'édition.

Suite complète des 22 chromolithographies. Exemplaire de luxe sur papier fort.

57 — **Ganier**. Csstumes des régiments et des milices.... d'Alsace et de la Sarre.... pendant les XVII° et XVIII° siècles. In-folio, rel. toile de publ. Texte et 20 planches en chromolithographie.

58 — **Garde Nationale** (L'Armée et la), 1792-1795, par Poisson. *Paris*, 1859-62. 3 vol. — Alboize et Elie. Fastes des Gardes nationales de France. *Paris*, 1849. Figures. — Horace Poisson. Histoire populaire de la Garde nationale de Paris, 1832. — Sauvé. Esquisse des manœuvres d'infanterie à l'usage de la Garde Nationale, 1842. Planches. — Labédollière. Histoire de la Garde nationale. *Paris*, 1848. Planches coloriées. Ens. 7 vol. rel. ou br.

59 — **Garde Royale**. Livre d'ordres du jour, 1816-1823. — Police militaire, livre d'ordres. 2 vol. in-folio *manuscrits*. — Instruction sur le campement à l'usage du 1er régiment de la Garde Royale, 1822. — Manœuvres des batteries de campagne pour l'Artillerie de la Garde Royale, 1818. Avec planches. Ens. 5 vol.

60 — **Gardes Suisses du Roy** (Régiment des). Temps de paix. Instruction concernant la manière dont le régisseur, les adjudans et les fourriers doivent procéder à l'administration des différentes parties qui leur seront confiées.... et dont l'exécution aura lieu à compter du 1er janvier 1779. *Paris*, *Impr. Royale*, 1778. Petit in-fol. veau.

61 — **Garnerey**. Collection des nouveaux Costumes des Autorités constituées, civils et militaires. In-4°, demi-rel., plats toile rou. 26 planches en couleurs.

62 — **Gerasch**. Das Oesterreichische Heer, von Ferdinand II bis Franz Joseph I. Lithographirt von F. Gerasch. *Wien*, 1850. Pet. in-4° en feuilles dans le cart. d'édit.

Série des 152 lithographies coloriées sur fond teinté, montrant les costumes de l'Armée autrichienne de 1620 à 1850.

63 — **Giberne** (La). Publication mensuelle illustrée en couleurs. *Paris*, 1899-1903. 44 numéros.

64 — **Girard**. Nouveau Traité de la perfection sur le fait des armes, dédié au Roy par le Sr P.-J.-F. Girard, ancien officier de marine. Enseignant la manière de combattre de l'épée de pointe seule, toutes les gardes

étrangères, l'espadon, les piques, hallebardes, bayonnettes au bout du fusil, fléaux brisés et bâtons à deux bouts... *Paris*, 1736. In-4° obl. rel. veau. 116 planches. Edition originale française.

65 — **Godillot** (Alexis). Campement, équipement, coiffure, chaussure, ambulances. Types de l'Armée française. In-fol., rel. toile.

Album publié par les soins de la maison A. Godillot, fournisseur, représentant en 29 photographies les accessoires militaires du second Empire.

66 — **Gravelot**. Planches gravées d'après plusieurs positions dans lesquelles doivent se trouver les soldats, conformément à l'Ordonnance du Roi de l'exercice de l'Infanterie, 1766. *Gravelot del., G. de la Haye sculp*. In-4°, demi-rel.

Suite de 36 figures gravées sur onze planches.

67 — Autre exemplaire, relié en vélin vert.

68 — **Hecquet**. Tracé descriptif des divers objets d'habillement, d'équipement, de harnachement à l'usage de l'Armée française en 1828, exécuté d'après les ordres de S. E. M. le Vte de Caux, ministre de la Guerre. Par F. Hecquet, chef de bataillon au 54e de ligne. *Paris, Langlumé*, 1828, in-fol. rel. veau.

Première partie seule : Armée de ligne, contenant soixante (59) planches lithographiées coloriées.

69 — **Janet-Lange**. Uniformes des l'Armée française en 1847, dessinés d'après l'ordre du Ministre de la Guerre par Janet-Lange. *Paris, imp. d'Aubert*, in-fol. demi-rel.

Collection complète, en noir, de 64 planches, avec titre et table.

70 — **Journal de l'Armée**. Années 1833 et 1835. 2 vol. in-8° demi-rel. Planches de costumes en couleurs dans le second volume.

71 — **Journal militaire**. 75 volumes in-8°, rel. ou br.

Cette collection est ainsi formée : 1790 *(origine)* à l'an XIII sans interruption. — An XIV (2me partie). — 1818 à 1835 sans interruption. — 1843 (2me semestre). — 1844 (1er semestre). — 1845 complet. — 1860 (1er semestre). — 1867 (2me semestre). — 1872 (2me semestre). — Table et Répertoire, 2 vol.

72 — **Kobell**. Des Trouppes François, d'Hussards, qui s'arrêtant, et causent ensemble. — L'Equipage d'un Officier Russe. — Hussards Autrichiens en marche. In-fol. Superbes épreuves, d'excellent coloris. 3 pièces.

73 — **Lalaisse.** Costumes de tous les corps de l'Armée et de la Marine françaises, sous Louis-Philippe Ier. *Paris, Martinet* (1845-1852). In-fol. obl. demi-rel.

Suite complète des 36 lithographies en couleurs. Marges inégales.

74 — **Du même.** L'Armée et la Garde Impériale (1853-1855). *Paris*, *Hautecœur*, in-4°, cart. de publ. 20 planches en couleurs.

75 — **Du même.** Types militaires du troupier français, dessinés et lithographiés par H. Lalaisse. *Paris*, *Morier* (1854-1870), in-fol. en feuilles.

Collection complète des 59 planches coloriées.

76 — **Du même.** L'Armée française (1875-1877). *Paris, Martinet*, in-fol., en feuilles.

Collection complète des 32 lithographies coloriées.

77 — **Lami**. Collection des Armes de la Cavalerie Française en 1831. Lithographies in-fol. Réunion de 6 pièces, dont 3 coloriées. Etat médiocre.

78 — **Lemau de la Jaisse**. Carte générale de la Monarchie françoise contenant l'histoire militaire... avec l'explication en 20 tables... mise au jour par l'auteur en 1733, in-fol., demi-rel.

On y joint 3 volumes in-12 : Cinquième, sixième et septième Abrégés de la carte générale du militaire de France, 1739-1740-1741. Rel. veau.

79 — **Le Paon** (d'après). Revue de la Maison du Roi au Trou d'Enfer, gr. in-fol., par Le Bas. Très belle épreuve du 1er tirage, avec la dédicace. Grande marge, non pliée.

80 — **Maison du Roi** (Livre d'ordre de la), depuis le 19 mars jusqu'au 20 septembre 1735. 3 vol. in-8° *manuscrits*, rel. vélin.

81 — **Maison du Roi** (Abrégé chronologique et historique de l'origine, du progrès et de l'état actuel de la) et de toutes les troupes de France.... par Simon Lamoral le Pippre de Neufville. *Liège*, 1734-1735. 3 vol. in-4° veau. Vignettes (en-têtes de pages) et blasons. Frontispice (portrait équestre de Louis XV). Bel exemplaire.

82 — **Marbot et de Noirmont**. Costumes militaires Français depuis l'organisation des premières troupes régulières en 1439 jusqu'en 1789. — De 1789 à 1815. 3 vol. in-fol. demi-rel. maroq. rou. avec coins.

450 planches coloriées (2 sont un peu tachées).

83 — **Mareschal.** Artillerie. Garde Royale. Collection des dessins lithographiés représentant les principales positions du canonnier.... Ouv. exécuté par ordre de S. E. le Ministre de la guerre par le Cher Mareschal. *Paris, lith. Engelmann, typogr. Didot*, 1824, in-fol. en feuilles.

Ouv. non décrit, complet et intéressant, renfermant : couverture, 5 feuillets de texte et 20 lithographies (une d'elles est déchirée).

83 *bis* — Recueil in-fol., demi-rel., contenant 15 planches de la même série, plus 21 d'une autre suite également relative à l'artillerie. Ens. 36 planches.

84 — **Menzel.** Die Soldaten Friedrich's des Grossen. Von Edw. Lange. Mit 31 original Zeichnungen von Adolph Menzel. *Leipzig*, 1853, in-8° demi-rel.

Texte et 31 planches coloriées, costumes au temps de Frédéric (1740-1786).

85 — **Mouillard.** Les Régiments sous Louis XV. Ouv. illustré par 49 planches en lithochromie reproduisant les drapeaux, étendards et costumes des régiments de 1737 à 1774. Augmenté de 6 reproductions en couleurs de tableaux. *Paris*, 1882, in-fol. en feuilles dans le cart. de publ.

Ouv. bien complet. Les tableaux de détails sont très intéressants, car ils reproduisent des documents originaux difficiles à trouver.

86 — **Muller** (Alex.) Théorie sur l'Escrime à cheval, pour se défendre avec avantage contre toute espèce d'armes blanches. *Paris*, 1816, in-4° basane. 51 planches au trait.

87 — **Musée d'Artillerie.** Les Costumes de guerre du IXe au XVIIe siècle. *Paris, Morel*, 1882, in-fol. en carton. 36 photographies montées.

88 — **Musique Militaire** (Manuel général de), par G. Kastner. *Paris Didot*, 1848, in-4°. Musique. — Du même. Les chants de l'Armée française. *Paris*, 1855, in-4°. Musique. — Merson. Scolies militaires, chants du régiment. *Paris, s. d.*, in-12. — P. Déroulède. Chants du soldat. *Paris*, 1888, in-8°. Illustrations noir et couleurs. Ens. 4 vol. br.

89 — **Curiosité historique** et militaire (La). *Paris*, 1893-1901, in-8°. Les 98 premiers numéros brochés ou en livraisons.

90 — **Parrocel.** Réunion de 125 eaux-fortes représentant un cavalier ou un fantassin. Costumes français vers 1720, in-4° en feuilles, dans une boite en forme de livre.

91 — **Piratzky.** Les Hussards de la Garde, 1818-1826-1849-1868. Grand in-fol. en largeur. Suite de 4 belles lithographies.coloriées donnant les changements d'uniformes de ce beau corps.

92 — **Pologne.** Les Costumes du peuple Polonais suivis d'une description exacte de ses mœurs, usages et habitudes, par Léon Zienkowicz. *Paris*, 1841, in-4°, demi-rel. 38 planches coloriées (au lieu de 39) et musique.

93 — **Gembarzowski.** Wojsko Polskie. Krolestwo Polskie, 1815-1830. *Varsovie*, 1903, in-4°, rel. toile

de l'édit. Illustrations dans le texte et planches en couleurs.

94 — **Rabe**. Die Brandenburg-Preussische Armee in historischer darstellung. Gezeichnet von den professoren Edm. Rabe und Ludw. Burger. *Berlin*, *Meidinger*, 1885, in-fol. obl. dans le cart. de publ. 20 planches en couleurs.

95 — **Raffet**. Illustrations de l'Armée française depuis 1789 jusqu'en 1832, d'après Léon Coignet et Raffet et lithographiées par Llanta et Ad. Midy. *Paris*, *Delarue*, *s. d.*, in-fol. demi-rel. Titre et 18 planches en couleurs.

96 — **Du même**. Costumes militaires et planches tirées de différentes suites. 22 pièces.

97 — **Raspe**. Recueil de toutes les Troupes qui forment les Armées françaises. Dessiné et illuminé d'après nature. *A Nuremberg*, *chez Gabriel-Nicol. Raspe. A°* 1761. Un fort volume in-8°, rel. veau.

Livre très rare, contenant 216 planches coloriées, au lieu de 220 (manque 75, 76, 169 et 170). Titre gravé (cartouche rocaille) et table. Chaque planche porte le nom du chef de corps et diverses indications.

98 — **Rugendas**. Mort du prince Louis de Prusse, près de Saalfeld, le 10 octobre 1806. — Bataille de Friedland, le 14 juin 1807, in-fol. Très belles épreuves. Coloriées.

99 — **Sabretache** (Carnet de la). Revue militaire rétrospective. Nos 1, janvier 1893, à 132, décembre 1903 (manque nos 121 et 131).

100 — **Saint-Cyr** (1686-1859). Album contenant 12 dessins avec texte en regard, par V. Pellegrin. *Paris*, 1859, in-fol. cart. toile. 12 lithographies dont 7 sont coloriées.

101 — **Saint-Cyr** (Souvenirs de). — Le Théâtre de Saint-Cyr. — Histoire de la maison royale de Saint-Cyr. — Le Bahut. Album de Saint-Cyr. — L'Album d'un Saint-Cyrien. — Histoire de l'École de Saint-Cyr. — Neuf années de commandement, par le général Hanrion. — Saint-Cyr sous la Restauration. Etc. Ens. 10 vol.

102 — **Saumur**. École de Cavalerie. Gr. in-fol., rel. de l'édition. Planches en couleurs.

103 — **Schindler**. Preussen's Heer unter Kaiser Wilhelm. *Berlin*, 1881, in-4°, rel. d'édit. Ouvrage complet, texte avec illustrations sur bois et 50 chromolithographies.

104 — **Sicard**. Histoire des Institutions militaires des Français, suivi d'un aperçu sur la marine militaire. *Paris*, 1831-1834, 4 vol. et un Atlas, in-8°, demi-rel.

105 — **Stadlinger**. Abbildungen des Konigl. Wurtembergischen Militars von 1638-1854. *Stuttgart*, 1856. Atlas, in-8°, cart. toile. 36 planches coloriées.

106 — **Suisse**. Récit de la conduite du régiment des Gardes Suisses à la journée du 10 août 1792. *Genève, Cherbuliez*, 1824, in-4°. Figures. Trois exemplaires différents.

107 — Histoire militaire des Suisses au service de la France, par le baron de Zur Lauben. *Paris*, 1751-1753, 8 vol. — Code militaire des Suisses. *Paris*, 1858-1864, 3 vol. Ens. 11 vol., in-12, rel. veau.

On joint trois brochures : Histoire des Troupes suisses au service de la France sous Napoléon, par de Schaller. — Le Drapeau des Cent Suisses, par Bron. — Alex. Berthier. La Principauté et le bataillon de Neuchâtel, par Bachelin.

108 — **Susanne**. Histoire de l'ancienne Infanterie française. *Paris*, *Corréard*, 1849-1853, 8 vol. et un Atlas, in-8°, br. 151 planches coloriées.

109 — **Swebach**. Encyclopédie pittoresque, ou suite de compositions, caprices et études, gravée au trait. Ier cahier. *Paris, chez l'auteur*, in-8°, br. 30 planches.

110 — **Tardieu**. Galerie des Uniformes des Gardes nationales de France..... Dédiée à S. A. R. Par A. Tardieu. *Paris*, 1817, in-8°, demi-rel. 27 planches en couleurs, au lieu de 28 (manque la 25e).

Quelques planches ajoutées : Costumes en lettres de tambours.

111 — **Thoumas** (Général). Exposition rétrospective militaire du ministère de la guerre en 1889. Ouvrage contenant plus de 400 reproductions par la photogravure. *Paris*, 1890. Huit fascicules dans les cart. de publ.

112 — **Titeux**. Histoire de la Maison militaire du Roi, de 1814 à 1830. *Paris*, *Baudry*, 1889-90, in-fol. en feuilles. 95 planches en couleurs.

113 — **Du même**. Historiques et Uniformes de l'Armée

française. Par Eug. Titeux. *Paris*, *Lévy*, in-fol. en feuilles.

Un fort lot de planches en couleurs, avec couvertures pour chaque arme. Plusieurs exemplaires de la même planche.

UNIFORMES

114 — **Bardin.** Extrait du Règlement sur l'uniforme de l'armée de terre, 1817. In-fol., cart. Publication officielle, ornée de planches de détails.

115 — **Description** des effets d'habillement, 1879. — Description de l'uniforme des Spahis, 1885. — Description des uniformes des officiers généraux, etc., 1892. Trois brochures in-4°. Publications du Ministère.

116 — **Gardes du Corps du Roi** (Règlement concernant l'uniforme des quatre compagnies des), 1820. — Règlement concernant l'uniforme de la compagnie des Garde du Corps de Monsieur, 1821. 2 brochures in-4°.

117 — **Garde Impériale** (Description de l'uniforme des différents corps de la), 1857. — Description de l'uniforme de la Cavalerie, 1858. 2 vol. in-8°.

118 — **Journal militaire** (Extraits du). Descriptions d'uniformes, 1824 à 1875. En 7 cart. in-8°.

119 — **Ordonnances** : Habillement des milices, 1746.— Habillement de l'Infanterie française, 1747. — Concernant le régiment des Carabiniers de Monsieur,

1779. — Changements dans la compagnie des Gardes de la Prévôté, 1780. — Concernant la compagnie des Gardes de la Porte, 1779 et 1787. — Concernant le régiment des Gardes Françaises de Sa Majesté, 1777. Etc. Ens. 15 pièces in-4°.

120 — **Règlement sur l'uniforme** des officiers généraux, adjudants, commissaires des guerres, officiers de santé, etc., 1803. Pet. in-fol. br. 14 planches se dépliant.

121 — **Sellerie** (Manuel pour servir à la confection des équipages de). *Paris*, 1814.— Régiment de Chasseurs à cheval de la Garde Royale. Consignes. — Album militaire, 1825. Avec détails d'habillement. En 2 vol. in-8° demi-rel.

---

122 — **LAMI et VERNET**. Collection des Uniformes de l'Armée française, de 1792 à 1814.— Depuis 1814 jusqu'à ce jour *Paris*, *Gihaut*.

Collection complète des **124 pierres lithographiques** en parfait état de conservation. Elles représentent 148 costumes et les 2 titres de l'ouvrage.

HISTORIQUES

123 — **Armée d'Afrique**. Historique du 2e régiment de Tirailleurs Algériens, par Martin.— La Légion étrangère de 1831 à 1887, par Grisot et Coulombon. — Nos Zouaves, par P. Laurencin. — Histoire du 1er régiment de Chasseurs d'Afrique. — Les Zouaves et les Chasseurs à pied. *Paris*, 1855. — Souvenirs intimes d'un vieux Chasseur d'Afrique. *Paris*, 1859. 6 vol. in-8° rel. et br.

124 — **Artillerie** (Historique du 11e régiment d'), par Francfort. — Les régiments d'Artillerie à pied de la Garde et le 23e régiment, par Litre. — Historique de l'Artillerie de la marine, 1692-1889. — Historique du 2e régiment du Génie. 4 vol. in-8° br.

125 — **Belgique**. Cruyplants. La Belgique sous la domination française (1792-1814). Histoire illustrée d'un Corps Belge au service de la République et de l'Empire. La 112e demi-brigade. *Bruxelles* 1902. In-4° br. Figures.

Trois exemplaires.

126 — Fastes militaires des Belges au service de la France (1789-1815), par Bernaert. *Bruxelles*, 1898. — Histoire de la Cavalerie Belge, par le capitaine Cruyplants. *Bruxelles*, 1883. Figures. — Histoire de la participation des Belges aux campagnes des Indes orientales néerlandaises (1815-1830), par Eug. Cruyplants. *Bruxelles*, 1883. Cartes et portrait. — Les Conscrits de 1813 dans les ci-devant Pays-Bas Autrichiens, par le même, 1901. Etc. Ens. 8 vol. in-8° br.

127 — **Chasseurs**. Historique du 19e régiment, 1792-1892. *Lille*, 1893. In-4° br. Illustrations noir et couleurs.

128 — Historique du 12e Chasseurs, de 1788 à 1891, par le commandant Dupuy. — Historique du 13e Chasseurs, par le capitaine Descaves. 2 vol. in-4°. Illustrations noir et couleurs.

129 — Historiques des 2e, 3e, 4e, 5e, 8e, 10e, 13e et 20e Chasseurs, par Gay de Vernon, de Margon, Wolf,

Aubier, etc. — Aubry. Souvenirs du 12ᵉ Chasseurs (1799-1815). 9 vol. in-8° br.

130 — **Chasseurs à pied** (Journal d'un officier de), 1862-1867, publié par G. Bertin. — Etude sur l'histoire des Chasseurs à pied. — Histoire du 8ᵉ bataillon, par Desroziers. — Lieutenant Richard. Les Chasseurs à pied. 4 vol. in-8° br.

131 — **Cuirassiers** (Histoire du 3ᵉ régiment de), ci-devant du Commissaire général, 1645-1892, par Ch. Maumené. *Paris*, 1893. In-4° br. Illustrations noir et couleurs.

132 — Histoire du 4ᵉ régiment de Cuirassiers, 1643-1897. *Paris*, 1897. 2 vol. in-4° br. Illustrations noir et couleurs.

133 — Historiques des 1ᵉʳ, 2ᵉ, 7ᵉ, 9ᵉ, 10ᵉ, 11ᵉ et 12ᵉ Cuirassiers, par Rothwiller, de Juzancourt, de Martimprey, Chavane, de Place, etc. Ens. 7 vol.

134 — **Divers**. Histoire des corps de troupe qui ont été spécialement chargés du service de la Ville de Paris, par Cudet. — Vᵗᵉ de Poli. Le régiment de la Couronne (1643-1791). — Verly. L'escadron des Cent-Gardes. — Histoire du régiment de Champagne, par Roux de Rochelle. — De Juzancourt. Notice sur le corps des Carabiniers français. Ens. 5 vol. in-8° br.

135 — **Dragons**. De Bourquency, Hache et Savin de Larclause. Historiques des 25ᵉ, 23ᵉ et 11ᵉ Dragons. 3 vol. br. Illustrations noir et couleurs.

136 — Dupont-Delporte, Bonnières de Wierre et Bruyère.

Historiques des 22e, 3e et 2e Dragons. 3 vol. rel. ou br. Illustrations noir et couleurs.

137 — Historiques des 7e, 9e, 11e, 15e et 26e Dragons, par Martinet, Alexandre, de Lassuchette, etc. Ens. 6 vol. br. Illustrations.

138 — **Garde** (La), 1854-1870, par le capitaine Richard. Illustrations noir et couleurs. — Fallou. La Garde Impériale (1804-1815). Texte seul. 2 vol. in-4°, br.

139 — **Gendarmerie** française (La) en Espagne et en Portugal (1807-1814), par le capitaine Martin. Figures. — Histoire de la Gendarmerie d'Afrique, par Touchard et Lacoste. — La Gendarmerie de France, son origine, son rang, ses prérogatives et son service, par M. d'Isnard. *Strasbourg*, 1781. 3 vol. in-8° br.

140 — **Hussards.** H. de Bouillé et Ogier d'Ivry. Historiques des 5e, 9e et 13e Hussards. 3 vol. in-4° br. Illustrations noir et couleurs.

141 — Historiques des 3e, 4e, 6e, 7e, 11e et 12e Hussards, par Dupuy, Voisin, Louvat, de Lassus, Staub, etc. Ens. 8 vol. br.

142 — Fallou. Nos Hussards, 1692-1902. — P. de Lamotte. Historique du 8e Hussards. 2 vol. in-4° br. Illustrations noir et couleurs.

143 — **Infanterie.** Histoire d'un régiment. La 32e demi-brigade, 1775-1890, par le lieutenant Piéron. Rel. d'édition. — Un régiment à travers l'histoire. Le 76e, ex-1er léger, par le commandant du Fresnel. Br. 2 vol. in-4°. Illustrations noir et couleurs.

144 — Historiques des 2e, 7e, 9e, 14e, 39e, 61e, 63e, 112e et 125e régiments d'infanterie, par Bohain et Puig, Dupré, Espérandieu, Molard, Roulin, etc. 10 vol.

145 — **Maison militaire du Roi** (De la) et de la nouvelle Garde Royale, 1815. — Histoire des divers corps de la Maison militaire des Rois de France, par Boullier, 1818. — Précis historique des différentes Gardes des Rois des François, par le sieur de La Tour. — Maison militaire du Roi, par M. de La Tour. *Paris*, 1790. 4 vol. in-8 rel. ou br.

LIVRES DIVERS

146 — **Adam** (Victor). Album des élèves de l'Ecole royale spéciale militaire, ou Souvenirs de Saint-Cyr, *Paris*, 1829. In-4° demi-rel. 14 lithographies sur chine.

147 — **Du même**. Souvenirs de voitures, chevaux, animaux, courses, accidents, etc., exécutés à deux teintes. *Paris*, *Jeannin*, *s. d.* In-fol. demi-rel., 36 planches en couleurs.

148 — **Album d'un soldat** pendant la campagne d'Espagne en 1823. *Paris*, *Cosson*, 1829. In-8°, demi-rel. 48 costumes lithographiés et coloriés, par Cœuré.

149 — **Algérie historique**, pittoresque et monumentale, ou Recueil de vues, costumes et portraits faits d'après nature dans les provinces d'Alger, Bône, Constantine et Oran, par Bour, Bro, Genet, Flandin, Philippoteaux,

Raffet, etc., par Berbrugger. Dédié au Roi. *Paris*, *Delahaye*, 1843. 3 vol. in-fol., demi-rel. Nombreuses lithographies sur teinte.

150 — **Anatomie artistique** (L'), par Richer. 2 vol. — Duval. L'Anatomie artistique, 2 exempl. — Extrait de la Grande Encyclopédie: Anatomie, antiquités et dessin. — Pauquet. Recueil d'Anatomie portatif. Ens. 6 vol.

151 — **Anvers, 1875** (Mémorial des Fêtes brillantes célébrées à), comprenant la description du Cortège historique. In-fol. obl. demi-rel. Planches photo-lith.

152 — **Armengaud.** Galeries publiques de l'Europe. In-4°, demi-rel. Figures. — Havard. La Hollande à vol d'oiseau. Illustrations par Lalanne. — Traité de la gravure à l'eau-forte, par Max. Lalanne. Ens. 3 ouvr.

153 — **Arnault.** Vie politique et militaire de Napoléon. *Paris*, 1822-1826. 2 vol. grand in-fol., demi rel., renfermant 141 planches lithographiées.

154 — **Art de la Mode** (L'). *Paris*, 1880-1881. 2 vol. in-4°. Nombreuses fig. noir et couleurs. — L'Art de la femme. Janvier-juin 1883. 13 fascicules in-8°. Fig. Ens. 2 ouv.

155 — **Atlas** géographique du XVIIIe siècle. Un fort vol. in-fol. renfermant plus de 100 cartes et plans, la plupart en couleurs. — Fragment du théâtre géographique du Royaume de France. *Paris*, *Le Clerc*, 1626, in-fol. vélin. Ens. 2 vol.

156 — **Beaurain** (Le Chevalier de). Histoire de la Campagne de M. le prince de Condé en Flandre en 1674. *Paris*, 1774, in-fol., rel. veau. Nombreuses cartes.

157 — **Biographie nouvelle** des Contemporains, ou Dictionnaire historique et raisonné de tous les hommes qui, depuis la Révolution française ont acquis de la célébrité.... par Arnault, Jay, Jouy, Norvins et autres. *Paris*, 1827. 20 vol. in-8° br. 300 portraits au trait.

158 — **Biographies.** Histoire du gentil seigneur de Bayard par Lorédan Larchey. — J. Roy. Turenne, sa vie, les institutions militaires de son temps. — Brialmont. Histoire du duc de Wellington. — Le maréchal de Fabert par J. Bourelly. — Histoire de N.-C. Oudinot par Nollet. Ens. 7 vol. rel.

159 — Vie de Planat de la Faye. — Vie et procès du général Mouton-Duvernet. — Biographie du général Dupas. — Larrey et les campagnes de la Révolution et de l'Empire, par P. Triaire. — Les deux généraux de Senarmont. — Bernadotte, Napoléon et les Bourbons par L. Pingaud. — Bernadotte roi, par Chr. Schefer. — Le maréchal Oudinot, par G. Stiegler. — Serurier, par Tuetey. — Histoire de Médard Bonnart, etc. Ens. 12 vol. br.

160 — Kléber, sa vie, sa correspondance par le comte Pajol. — Marceau, sa vie, sa correspondance, par Hipp. Maze. — Le Maréchal Lannes, par le général Thoumas. — Lasalle, correspondance recueillie, par Robinet de Cléry. — Cambronne, par Brunschvicg. — Le général Aug. Colbert. — Le général Curely. —

Vie du Maréchal Ney. — Le Prince Eugène. — Lazare Hoche, etc. Ens. 12 vol. br.

161 — Le général Barbou, par Désiré Lacroix. — Du Casse. Le général duc de Padoue. — Vie du comte Friant. — Œuvres militaires du général Hanrion, avec Atlas. — Biographie du Général baron Testot-Ferry, par Mignard. — Dumonceau, Davout, Soufflot, etc. Ens. 10 vol. br.

162 — **Bonhomme** (H.) Journal et Mémoires de Charles Collé. — Correspondance de Collé. *Paris*, 1864-1868. 4 vol. in-8° br.

163 — **Bulletin des Lois** de la République Française (3e série). *Paris, brumaire an IX à floréal an XII.* — Bulletin des lois de l'Empire Français (4e série) *Floréal an XII à mars 1814.* — Bulletin des Lois du Royaume de France (5e série). *Avril 1814 à mars 1815.* — Bulletin des Lois (6e série). *Cent-Jours.* — Bulletin des Lois du Royaume de France (7e série). *Juin 1815 à décembre 1821.* — Recueil des Lois composant le Code civil. *An XI à 1804.* — *Idem.* Table. 56 vol., in-8°, demi-rel.

164 — **Collection Générale des Lois,** Décrets, arrêtés, sénatus-consultes, avis du conseil d'État et réglemens d'administration publiés depuis 1789 jusqu'à 1819, recueillie par Rondonneau. *Paris, Impr. royale,* 1817-1820. 16 vol. et Tables. Ens. 20 vol., in-8°, demi-rel.

165 — **Campagnes d'Italie** (Tableaux historiques des), depuis l'an IV jusqu'à la bataille de Marengo. *Paris,*

1806, in-fol., demi-rel. Planches d'après Carle Vernet et portrait équestre de Napoléon. — Cérémonies du Sacre et du Couronnement de Sa Majesté impériale Napoléon-le-Grand. Fêtes qui ont eu lieu à Paris le 11 frimaire an XIII. Portraits-médaillons des Souverains au titre. — Précis historique de la Campagne d'Allemagne. 1 vol., in-fol., demi-rel.

166 — **Carle Vernet** (Collection de 60 planches, dite). Campagnes des Français sous le Consulat et l'Empire. Album de 52 batailles et 100 portraits. *Paris, s. d.*, in-fol., rel. toile rouge.

167 — **Carte de France** au 80/1000. Grand in-fol. montées sur toile. Collection de 30 cartes renfermées dans 3 emboîtages spéciaux (Témoignage de satisfaction du ministre de la guerre à M. Titeux).

168 — **Cent-Jours**. Collection du Journal universel publié à Gand pendant le séjour de S. M. Louis XVIII en 1815. *Paris, Vve Agasse*, in-folio, demi-rel.

169 — **Cérémonial de France** (Le), par Théod. Godefroy. *Paris*, 1619, in-4°. — Histoire des Inaugurations des Rois.... *Paris*, 1776, in-8°. Figures. — Le Sacre et Couronnement de Louis XVI. *Paris, Vente*, 1775, in-8°. Figures et costumes par Patas (sans le plan). — Leber. Des Cérémonies du Sacre. *Paris et Reims*, 1825, in-8°. Figures et Costumes. — Cérémonial du Sacre des Rois de France. *Paris*, 1775, in-12. — Le Sacre et Couronnement de Louis XIV. *Paris*, 1720. Portrait par Duflos, in-12. Ens. 6 vol. reliés.

170 — **Charlet.** Vie civile, politique et militaire du caporal Valentin. *Paris, Gihaut, s. d.*, in-4°, obl. cart. toile. 50 planches lithographiées.

171 — **Chevalerie, Noblesse.** Wahlen. Ordres de Chevalerie et marques d'honneur (Supplément). Figures en couleurs. — Cérémonies des gages de bataille représentées en 11 figures. Publiées par Crapelet. — La Chevalerie et les Croisades. *Paris, Didot*, 1886. Figures. — Gassier. Histoire de la Chevalerie française. *Paris*, 1814. — Roy. Histoire de la Chevalerie. — Libert. Histoire de la Chevalerie. — Maugard. Remarques sur la Noblesse. *Paris*, 1788. — Chérin. La Noblesse considérée sous ses divers rapports. *Paris*, 1788. — La Curne de Sainte-Palaye. Mémoires sur l'ancienne Chevalerie (2 vol.). Ens. 10 vol.

172 — **Chevignard et Duplessis.** Costumes historiques des XVIe, XVIIe et XVIIIe siècles. *Paris*, 1867. 2 vol. — Mercuri (Paul). Costumes historiques des XIIe, XIIIe et XIVe siècles. *Paris*, 1860-1861, 3 vol. Ens. 2 ouv. en 5 vol. in-4°, demi-rel. Nombreuses planches en couleurs.

173 — **Commentaires** de Napoléon Ier. *Paris, Impr. impér.*, 1867. 6 vol. in-4°, demi-rel. avec coins.

174 — **Compiègne** (Histoire du Palais de), par Pellassy de l'Ousle. *Paris, Impr. impér.*, 1862. In-4° br. Figures. — Bourassé. Résidences royales et impériales de France. *Tours*, 1864, in-8°, demi-rel. Figures. 2 vol.

175 — **Conquêtes de Louis XV** (Histoire des) tant en Flandre que sur le Rhin, en Allemagne et en Italie,

depuis 1744 jusques à la Paix conclue en 1748, par Dumortous. *Paris, de Lormel*, 1759, in-fol., rel. veau. Nombreuses planches.

176 — **Correspondance de Napoléon Ier**, publiée par ordre de l'Empereur Napoléon III. *Paris*, 1858-1870. 32 vol. in-8° br.

177 — **Costume** (Le) au Moyen âge d'après les sceaux, par G. Demay. — Vecellio. Costumes anciens et modernes. *Paris, Didot*, 1859-1860. 2 vol. — Costume du Moyen âge, d'après les manuscrits, peintures, monuments contemporains. *Paris et Bruxelles*, 1847. 2 vol. — Autrefois ou le Bon vieux temps. Types français du dix-huitième siècle. Ens. 4 ouv. en 6 vol. rel. ou br. Figures.

178 — **Costumes** civils actuels de tous les peuples connus, dessinés d'après nature, gravés et coloriés... rédigés par Sylvain Maréchal. *Paris, s. d.*, 4 vol. in-8°, cart. non rognés. Nombreuses figures en couleurs, par Mixelle, d'après Desrais.

179 — **Costumes divers**. Janet-Lange. Galerie royale et aristocratique, 1200 à 1800. 18 planches. — Bals de l'Opéra. Costumes du quadrille historique, par Dupont, Delacroix, Boulanger, Johannot, Devéria, Lami et autres. 17 planches. — Devéria. Costumes en pied. 18 planches. — Galerie royale de Costumes. Troupes d'Abd-el-Kader. 10 planches, par Janet-Lange, d'après Ginain. En 1 vol. in-fol., demi-rel.

Quatre suites formant 63 planches, toutes en couleurs.

180 — **Costumes Français** depuis Clovis jusqu'à nos jours, extraits des monumens les plus authentiques de

sculpture et de peinture, avec un texte historique et descriptif. *Paris, Massard et Miflie*z, 1834-1839. 4 vol. in-8°, le 1er br. et les autres en feuilles. Nombreuses planches en couleurs.

181 — **Daniel** (Le R. P.), S. J. Histoire de la Milice Françoise et des changements qui s'y sont faits... *Amsterdam*, 1724, 2 vol. in-4° veau. Figures hors texte.

182 — **David** (Le peintre Louis), 1748-1825. Souvenirs et documents inédits, par Jules David. *Paris, Havard*, 1880, 1 fort vol. in-4° br., avec les 20 fascicules de planches.

183 — **Dayot**. La Révolution française. 31 fascicules in-4° obl. Complet. Nombreuses reproductions.

184 — **Delaunay**. Etude sur les anciennes Compagnies d'Archers, d'Arbalétriers et d'Arquebusiers. *Paris*, 1879, in-4°, demi-rel. Belles illustrations.—V. Fouque. Recherches historiques sur les Corporations des Archers, des Arbalétriers et des Arquebusiers. *Paris et Châlon*, 1852, in-8° br. Ens. 2 vol.

185 — **Déroulède** (Paul). Le Drapeau. Années 1882 à 1886. Collection complète des 5 premières années, les seules illustrées. 8 vol. in-4°, demi-rel. (les années 1883, 1884 et 1885 sont en double).

186 — **Description des Cérémonies et des Fêtes** qui ont eu lieu pour le Couronnement de Leurs Majestés Napoléon, Empereur, et Joséphine, son auguste épouse. Recueil de décorations exécutées dans l'église de N.-D. de Paris et au Champ de Mars d'après les des-

sins et sous la conduite de Percier et Fontaine. *Paris*, 1807, gr. in-fol., cart. non rogné. 12 planches au trait.

187 — **Devéria**. Costumes historiques, de ville ou de théâtre et travestissemens. Lithographiés par Devéria. *Paris*, *Cattier*, *s. d.*, in-fol., demi-rel.

Quatre-vingt-quatre belles planches en couleurs, figures en pied (pour la plupart des portraits). Avec le titre illustré sur papier rose. On y joint 4 planches non numérotées : Cornélie Falcon, Rachel, Fanny Essler et Taglioni.

188 — **1830-1848**. Histoire de la Révolution de 1830. — Dix jours de 1830. — Chronique de juillet 1830. — Relation des journées mémorables. — Souvenirs glorieux du Parisien. — Gallois. Révolution de 1848. — Journées illustrées de la Révolution de 1848. Etc. Ens. 16 vol. rel. ou br.

189 — **Dulaure**. Histoire physique, civile et morale de Paris. *Paris*, *Ledentu*, 1834, 10 vol. in-8°, figures, avec Atlas in-4°, demi-rel.

190 — **Dussieux**. Le Château de Versailles. Histoire et description. *Versailles*, 1885, 2 vol. in-8° br.

191 — **Egypte** (Conquêtes des Français en), an VII. — Mémoires pour servir à l'histoire des expéditions en Egypte et en Syrie, par Jacques Miot, 1804. — Journal de l'expédition anglaise en Egypte, 1823. Plans et figures en couleurs. — Atlas de l'expédition d'Egypte. 2 vol. Ens. 5 vol.

EMPIRE

192 — **Napoléon** et son temps, par Roger Peyre. — Laurent de l'Ardèche. Histoire de Napoléon. — Vie politique et militaire de Napoléon racontée par lui-même. — Napoléon. *Paris, bureaux de la Vie contemporaine.* Exemplaire sur japon. 4 ouvr. en 5 vol.

193 — Vandal. Napoléon et Alexandre Ier, 3 vol. — H. Houssaye. 1814. — Du même. 1815. — Comte Chaptal. Mes souvenirs sur Napoléon. — A. Lévy. Napoléon intime. — Tatistchef. Alexandre Ier et Napoléon. 8 vol., in-8°, br.

194 — *Fréd. Masson* (Ouvrages de). Napoléon inconnu. — Napoléon chez lui. — Napoléon et sa famille. — Joséphine impératrice et reine. — L'impératrice Marie-Louise. 5 ouv. en 10 vol., in-8°, br.

195 — Mémoires pour servir à l'histoire de France sous Napoléon, écrits à Sainte-Hélène par Montholon et Gourgaud. — Walter Scott. Vie de Napoléon. — Napoléon, journal anecdotique et biographique. 3 ouv. en 20 vol., in-8°, rel. ou br.

196 — Dictionnaire-Napoléon, par Damas Hinard. — Thoumas. Les grands cavaliers du premier Empire. — Duc de Valmy. Histoire de la Campagne de 1800. — De Cugnac. Campagne de l'armée de réserve en 1800. — Vignettes pour le Consulat et l'Empire (26 livraisons). — Napoléon en Egypte, par Barthélemy et Méry. — Relation de la bataille de Marengo. — Marco Saint-

Hilaire. Conspirations et attentats. — Souvenirs de l'Empire. — Histoire de la Garde impériale. — Napoléon en campagne. — Nouveaux souvenirs intimes du temps de l'Empire. Ens. 19 vol.

197 — Richert. Napoléon chef d'armée. — Napoléon en Belgique et en Hollande. — Déclin et chute de Napoléon, par Wolseley. — Lettres inédites de Napoléon Ier, publiées par Lecestre. — Napoléon, ses opinions et jugements. — Marmottan. Le Royaume d'Etrurie. — Napoléon, ses dernières années, par Couderc de Saint-Chamant. — La Campagne de 1796 en Italie, par Clausewitz. — Napoléon et la Grande Armée. Etc. Ens. 16 vol. br.

198 — Une année de la vie de l'Empereur Napoléon. — Mémoires sur l'intérieur du palais, par de Bausset. — Paganel. Etablissement monarchique de Napoléon. — Lossau. Kriege Napoleons. — Histoire du Couronnement de Napoléon. — Voyage en Autriche, en Moravie et en Bavière. — Campagnes de la Grande Armée. — Histoire générale des prisons sous le règne de Buonaparte. — Histoire de la chute de l'empire de Napoléon, par Labaume. — Némésis, par Barthélemy. — Mémoires sur la Cour de Louis-Napoléon et sur la Hollande. Etc. Ens. 20 vol. rel.

199 — Alombert et Colin. La Campagne de 1805 en Allemagne. — Général Bonnal. De Rosbach à Ulm. — Von der Goltz. Rosbach et Iéna. — Foucart. Campagne de Prusse, 1806. — Le corps d'armée aux ordres du maréchal Mortier. — Galli. L'Allemagne en 1813. — Tableau de la campagne d'automne de

1813 en Allemagne. — Meneval. Napoléon et Marie-Louise. — Lettres à Joséphine. — Mémoires de l'impératrice Joséphine. Ens. 25 vol.

200 — Koch. Mémoire pour servir à l'histoire de la Campagne de 1814. — Alphonse de Beauchamp. Histoire de la Campagne de 1814. — Relation circonstanciée de la Campagne de 1813. — Charras. Histoire de la Guerre de 1813 en Allemagne. — Hippolyte de Mauduit. Derniers jours de la Grande-Armée. — Baron Fain. Manuscrits de 1812, 1813 et 1814. Etc. Ens. 16 vol.

201 — Bulletin de Paris, 1814-1815. — La vérité sur les Cent-Jours. — Recueil de pièces authentiques sur le captif de Sainte-Hélène. — Histoire de la Campagne de 1815 dans les Pays-Bas. — Histoire du retour et du règne de Napoléon en 1815. — Duc d'Elchingen. Documents inédits sur la Campagne de 1815. — Gourgaud. Campagne de 1815. — Révélation de faits importants, 1814-1815. — Vaudoncourt. Histoire des Campagnes de 1814 et 1815 en France. Etc. Ens. 16 vol.

202 — Relation fidèle et détaillée de la dernière Campagne de Buonaparte. — Relation anglaise de la bataille de Waterloo. — Napoléon à Waterloo. — Campagne de Belgique depuis 1809 jusqu'à la bataille de Waterloo. — Waterloo, conférences du colonel Chesney. Etc. Ens. 15 vol.

203 — Las Cases. Mémorial de Sainte-Hélène. — Pichot. Napoléon à l'île d'Elbe. — Mémorial de Sir Hudson Lowe. — Itinéraire de Napoléon à l'île d'Elbe. —

Maximes et pensées du prisonnier de Sainte-Hélène. — L'île d'Elbe et les Cent-Jours. — Santini. De Sainte-Hélène aux Invalides. Etc. Ens. 10 vol.

204 — **Cérémonial** de l'Empire Français. *Paris*, 1805. Avec les portraits en pied coloriés de l'Empereur, de l'Impératrice et du Pape, br. — Fêtes à l'occasion du Mariage de S. M. Napoléon, Empereur, avec Marie-Louise. *Paris*, 1810. Cartonné. Figures. 2 vol., in-8°.

---

205 — **Encyclopédie** (La Grande) de Diderot et d'Alembert. 35 vol., in-fol., rel. veau.

Texte, 17 vol. — Supplément, 4 vol. — Tables, 2 vol. — Planches, 11 vol. — Supplément, 1 vol.

ÉQUITATION

206 — **Cavallo Frenato** di Pirro Antonio Ferraro Napolitano..... diviso in quattro libri..... *In Venetia*, 1620, in-fol., vélin. Figures gravées sur bois.

207 — **Cavalerice François** (Le), composé par Salomon de la Broue, escuyer d'escuirie du Roy et de Mgr le duc d'Espernon. Troisième édition. *Paris, chez Abel l'Angelier*, 1612, in-fol., vélin. Titre gravé et figures sur bois.

208 — **Drummond de Melfort**. Traité sur la Cavalerie. *Paris, Guillaume Desprez*, 1776, in-fol. (frontispice détaché) avec l'Atlas, gr. in-fol., demi-rel.

209 — **Eisenberg** (Le baron d'). L'Art de monter à che-

val, ou description du Manège moderne dans sa perfection..... Gravé par B. Picart. *La Haye*, 1740, in-fol. obl., demi-rel., 59 planches.

210 — **La Guérinière**. Ecole de Cavalerie, contenant la connaissance, l'instruction et la conservation du cheval. *Paris*, 1751, in-fol., veau. Figures.

211 — **Newcastle**. Méthode et invention nouvelle de dresser les chevaux. Seconde édition. *Londres*, 1737, in-fol., demi-rel. Titre et 42 planches en belle épreuves.

212 — **Pluvinel**. L'Instruction du Roy en l'exercice de monter à cheval. *Paris*, *Michel Nivelle*, 1627, in-fol., veau. Incomplet des planches 14, 33 et 41.

213 — **Saunier** (Gaspard de). L'Art de la Cavalerie, ou la manière de devenir bon écuyer. *Paris*, *Jombert*, 1756, in-fol., veau. Figures.

214 — **Equitation** (La Science et l'Art de l'), par Dupaty de Clam, ancien mousquetaire. *Paris*, *Didot*, 1776. Figures. — Traité des Tournois, joustes, carrousels..... *Lyon*, 1669. — Essai sur la Cavalerie. *Paris*, *Jombert*, 1756. — L'Escuyer François, par Coulon. *Paris*, 1682. Figures. — La Connoissance parfaite des chevaux. *Paris*, 1741. Figures. — La Guérinière. École de Cavalerie. *Paris*, 1802. Figures coloriées. Ens. six ouvrages en 7 vol. rel.

215 — **Fillis** (J.). Principes de dressage et d'équitation. Figures. — Capitaine Choppin. La Cavalerie française. Illustrations noir et couleurs. — A. B. C. du

Sportman, par H. Pinel. Lithographies en couleurs. — Goubaux et Barrier. L'Extérieur du cheval. — G. de Carné. Les Pages des Écuries du Roi. Ens. 5 vol. rel.

216 — **Barroil**. L'Art équestre. — G. Le Bon. L'Équitation actuelle et ses principes. — Daumas. Les Chevaux du Sahara. — Duplessis. L'Équitation en France depuis le xve siècle. — J. Pellier. Le Langage équestre. Ens. 6 vol. br.

---

217 — **Espagne** (Histoire de la Campagne d') en 1823. Soulèvement et guerre d'Espagne. — Récit des opérations en Espagne. — Capitulation de Baylen. — Laborde. — Itinéraire de l'Espagne. — El Toreo. La Fiesta Espanola. Ens. 22 vol. rel. et br.

218 — Étude historique sur la Capitulation de Baylen. — Murat, lieutenant de l'Empereur en Espagne. — Wagré. Les Adieux de l'île de Cabréra. — Sièges de Saragosse. — Journal historique de la Campagne de Portugal. — Mémoires sur la guerre des Français en Espagne. — Mémoires sur les opérations militaires des Français en Galicie et en Portugal, en 1809. — Histoire de la guerre d'Espagne et de Portugal. — Journaux des sièges faits et soutenus par les Français dans la Péninsule, de 1807 à 1814, etc. Ens. 20 vol., rel. ou br.

219 — **Félibien et Lobineau**, Bénédictins. Histoire de la Ville de Paris. *Paris*, 1725, 5 vol. Figures. — Delamare. Traité de la Police. *Paris*, 1713-1738, 4 vol. Plans. Ens. deux ouvrages en 9 vol., in-fol., veau.

220 — **Fragonard et Dufey**. Types et caractères anciens. *Paris, Delloye*, 1841. 20 planches en couleurs. — Compte-Calix. Costumes de Cour. 20 planches en couleurs. 2 vol., in-4°, demi-rel.

221 — **Français** (Les). Costumes des principales provinces de France, dessinés par Gavarni, Férogio, etc., lithographiés par Coindre. *Paris, Curmer*, 1842, in-4°, demi-rel.

Titre et 16 planches, toutes en double (soit 33), dont 8 sont en couleurs.

222 — **Français peints par eux-mêmes** (Les). *Paris, Curmer*, 1840-1842, 8 vol. Figures en couleurs (quelques planches détachées). — Le Prisme. Encyclopédie morale du dix-neuvième siècle. *Paris, Curmer*, 1841. — Les Français peints par eux-mêmes. *Paris, Philippart*, 1861, 2 vol. — Les Anglais peints par eux-mêmes. *Paris, Curmer*, 1840, 2 vol. Ens. 13 vol., in-8°, demi-rel.

223 — **Fromentin** (Eug.). Sahara et Sahel. *Paris, Plon*, 1879. — Gonse. Eug. Fromentin, peintre et écrivain. *Paris, Quantin*, 1881, 2 vol., gr. in-8°, brochés. Figures.

224 — **Galibert**. L'Algérie ancienne et moderne. *Paris, Furne*, 1844. — Pitre-Chevalier. Bretagne et Vendée. *Paris, Coquebert, s. d.* — Du même. La Bretagne ancienne. *Paris, Didier*, 1859, 3 vol., demi-rel. Figures.

225 — **Gastinois** (Histoire du), par Dom Morin. *Pithiviers, Laurent*, 1883, 2 vol. in-8°, brochés.

226 — **Gavard.** Galeries historiques de Versailles, dédiées à S. M. la Reine des Français. *Paris*, 1838, 16 vol. in-fol., demi-rel., chag. rouge.

227 — **Geissler.** Costumes, mœurs et coutumes des Russes, dessinés à Saint-Pétersbourg par Geissler et décrits par Gruber. *Leipzig*, *s. d.*, in-4°, demi-rel. 40 planches coloriées.

228 — **Gonse.** L'Art moderne à l'Exposition de 1878. *Paris*, 1879, in-4°, broché. Figures dans le texte et planches à l'eau-forte.

229 — **Grasset Saint-Sauveur.** Encyclopédie des Voyages, contenant l'abrégé des mœurs, usages..... et commerce de tous les peuples..... *Edition ornée de nombreuses planches coloriées*. *Paris*, 1796. (Europe, 2 vol.; Asie, Afrique et Amérique, 3 vol.) 5 vol. in-4°, demi-rel., maroq. vert, avec coins. Figures en couleurs.

230 — **Guerre dans la Péninsule** (Histoire de la) et dans le midi de la France, depuis l'année 1807 jusqu'à l'année 1814; publiée par Napier, traduite par le comte Mathieu Dumas. *Paris*, 1828-1844, 13 vol. in-8°, demi-rel. et un Atlas contenant 3 cartes.

231 — **Guizot.** Histoire de France. *Paris*, *Hachette*, 1877. 5 vol. gr. in-8°, br. Illustrations par Alphonse de Neuville.

232 — **Herbé.** Costumes Français, civils, militaires et religieux, avec les meubles, les armes, les armures, l'architecture domestique, les ordres de chevalerie, les étendards, les sceaux, les sceptres, les couronnes

et les blasons les plus historiques, depuis les Gaulois jusqu'à nos jours, dessinés d'après les historiens et les monuments. *Paris*, *Martinet*, 1837. In-4°, demi-rel. 106 planches en couleurs et nombreux calques intercalés.

233 — **Histoire militaire de Flandre** depuis l'année 1690 jusqu'en 1694 inclusivement. Dédiée et présentée au Roy par le chevalier de Beaurain. *Paris*, 1755, in-fol., rel. veau. Nombreuses cartes.

234 — **Histoire naturelle** (Dictionnaire universel d'), dirigé par d'Orbigny, *Paris*, 1861. 13 vol. in-8°, br., plus un lot de planches coloriées.

235 — **Hugo** (A). France militaire. Histoire des Armées françaises de terre et de mer de 1792 à 1833. *Paris*, *Delloye*, 1833-1838. 5 vol. gr. in-8, demi-rel. Nombreuses figures.

236 — **Illustrated Record** (An) of important events in the annals of Europe, during the years 1812, 1813, 1814 and 1815, comprising a series of views of Paris, Moscow, the Kremlin, Dresden, Berlin, the battles of Leipsic, etc. *London*, 1815. — The Campaign of Waterloo, illustrated with engravings of les Quatre Bras, la Belle Alliance, Hougoumont, la Haye Sainte. *London*, 1815-1816. Deux ouvrages en 1 vol., in-fol., demi-rel. Planches en couleurs.

237 — **Illustration** (L'). Tomes 43 à 54 (1864 à 1869 inclus). 12 vol. in-fol., br. Nombreuses figures.

238 — **Imbert de St-Amand**. La Cour de Louis XVIII.

— La Cour de Charles X. *Paris*, *Dentu*, 1891-1892. 2 vol. in-4°, demi-rel. Figures.

239 — **Ingénieurs géographes militaires** (Les), 1624-1831. Etude historique par le colonel Berthaut. *Paris*, 1902. 2 vol. in-4°, br. Figures.

240 — **Jacquemin**. Iconographie générale et méthodique du Costume du IVe au XIXe siècle... *Paris*, *s. d.* 200 planches coloriées. — Supplément à l'Iconographie. 80 planches coloriées. 2 vol. in-fol. en feuilles.

On y joint: Histoire générale du Costume, par le même (Tome 1er seul). In-4°, br.

241 — **Jomini**. Histoire critique et militaire des guerres de la Révolution. *Bruxelles*, 1840. 4 vol. — Vie politique et militaire de Napoléon racontée par lui-même. *Bruxelles*, 1841. 2 vol. Ens. 6 vol. in-8°, demi-rel., avec l'Atlas in-fol., cartonné.

242 — **Journal et Mémoires** de Mathieu Marais, avocat au Parlement de Paris, sur la Régence et le règne de Louis XV (1715-1737), publiés par de Lescure. *Paris*, *Didot*, 1863-1868. 4 vol. in-8°, br.

243 — **Jubé de la Pérelle**. (Le général baron Aug.). Le Temple de la Gloire, ou les Fastes militaires de la France depuis le règne de Louis XIV jusqu'a nos jours. *Paris*, *Rapet*, 1819. 2 vol. in-fol., demi-rel. Nombreuses planches.

244 — **Keepsake**. Les Beautés. Album des Dames. 14 têtes de femmes. *Paris*, *s. d.*, in-4°, rel. de publ. Gravures d'après J. Hayter.

245 — **Lacauchie**. Album de Costumes. Réunion de 45 pièces coloriées. In-fol., demi-rel.

246 — **Lacroix** (Paul). XVIIe siècle. Institutions, Usages et Costumes. France, 1590-1700. Ouvrage illustré de 16 chromolith. et de 300 gravures sur bois. *Paris, Didot*, 1880. — Mœurs, usages et costumes au Moyen âge et à l'époque de la Renaissance. Ouvrage illustré de 15 planches chromolith. et de 440 gravures. *Paris, Didot*, 1871. — Vie militaire et religieuse au Moyen âge et à l'époque de la Renaissance. Ouvrage illustré de 14 chromolith. et de 409 figures sur bois. *Paris, Didot*, 1873. 3 vol. in-4°, rel. de l'édit.

247 — **Du même**. XVIIIe siècle. Institutions, Usages et Costumes. France, 1700-1789. Ouvrage illustré de 21 chromolith. et de 350 gravures sur bois. *Paris, Didot*, 1875. — XVIIIe siècle. Lettres, Sciences et Arts. France, 1700-1789. Ouvrage illustré de 16 chromolith. et de 250 gravures sur bois. *Paris, Didot*, 1878. 2 vol. in-4°, demi-rel.

248 — **Lançon** (Eaux-fortes par). Troisième Invasion. Texte par Eug. Véron. *Paris*, 1876-1877. In-fol. en feuilles. 154 planches, plus les cartes.

249 — **Lecomte** (Hipp.). Costumes français et étrangers (1817). In-4°, demi-rel. 90 lithographies coloriées. (Manque le titre et la pl. 2).

250 — **Du même.** Costumi civili e militari della Monarchia francese dal 1200 sino al 1820. 3 vol. petit in-fol., rel. veau, contenant 378 lithographies coloriées, au lieu de 380 (manque pl. 45 et 46).

251 — **Légion d'Honneur** (Fastes de la). Biographie de tous les décorés. *Paris*, 1842-1844. 4 vol. grand in-8°, demi-rel. — Panthéon de la Légion d'Honneur par T. Lamathière. *Paris, Impr. réunies, et Dentu, s. d.* 4 vol. grand in-8° br. — Mazas. La Légion d'Honneur, son institution, sa splendeur, ses curiosités. *Paris, Dentu*, 1854. 1 vol., demi-rel. Ens. 3 ouv. en 9 vol.

252 — **Liskenne et Sauvan**. Bibliothèque historique et militaire. Dédiée à l'Armée et à la Garde nationale de France. *Paris*, 1835-1842. 6 vol. et un Atlas in-8°, demi-rel.

253 — **Lorraine** (La). Textes par Aug. Prost, Lorédan Larchey, André Theuriet, Louis Jouve et Edg. Auguin. *Paris, Berger-Levrault*, 1886. Un beau vol., in-4°, demi-rel. de l'édit. Nombreuses figures.

254 — (Voyage en) de Sa Majesté l'Impératrice et de S. A. I. le Prince Impérial, précédé du voyage de S. M. l'Impératrice à Amiens. *Paris*, 1867, in-fol., obl., cart., toile de l'édit. Figures. Avec l'eau-forte d'après Meissonier (Défilé des populations lorraines).

255 — (Abrégé historique et inconographique de la Vie de Charles V, duc de). Dédié à S. A. R. Léopold Ier, son digne successeur. *Nancy*, 1701, in-fol. demi-rel. 29 planches.

256 — **Louvre** (Le) et son histoire, par Alb. Babeau. *Paris, Didot*, 1895. — Topographie historique du Vieux Paris, par Berty, continuée par Legrand (région du Louvre et des Tuileries). *Paris*, 1866-1868. Ens. 2 ouv. en 3 vol. in-4°, br. Figures.

257 — **Madou.** Vie de Napoléon, rédigée par une société de gens de lettres, sur les nouveaux documents dictés et corrigés à Ste-Hélène par Napoléon même. *Bruxelles*, 1827. 2 vol., in-4°, obl., demi-rel. Nombreuses planches lithographiées.

258 — **Maréchaux** de France (Galerie des). *Paris, Gavard*, 1839, 42 portraits. — Musée de Versailles, avec un texte historique par Th. Burette. *Paris*, 1844. Nombreuses figures (portraits et scènes). Deux ouv. en 4 vol. in-4°, demi-rel.

MÉMOIRES

259 — **Mémoires** du chancelier Pasquier, publiés par le duc d'Audiffret-Pasquier. *Paris*, *Plon*, 1893-1895, 6 vol. in-8°, br.

260 — Mémoires et Correspondance politique et militaire du Roi Joseph, publiés par Du Casse. *Paris*, 1853-1854. 10 vol. in-8°, br.

261 — Mémoires militaires du lieutenant général comte Roguet. *Paris*, 1862-1865. 4 vol. in-8°, br.

262 — Mémoires du Maréchal Marmont, duc de Raguse, de 1792 à 1841. *Paris*, *Perrotin*, 1857. — Réfutation des Mémoires par Laurent de l'Ardèche. Ens. 10 vol. in-8°, br.

263 — Mémoires du prince de Talleyrand, publiés par le duc de Broglie. — Baron Lejeune. Souvenirs d'un officier de l'Empire. — Mémoires du comte Beugnot. Ens. 9 vol., rel.

264 — Mémoires de Bourrienne, Gohier, La Valette, Prince Eugène, Rapp et duc de Rovigo. Ens. 25 vol. in-8°, rel.

265 — Mémoires de Grouchy, Marbot, Ségur et Davoust Ens. 20 vol. in-8°, br.

266 — Mémoires du général baron Thiébault, du général baron de Dedem de Gelder, du général Dirk van Hogendorp, du chevalier de Mautort, du baron Seruzier, du général Bigarré, du baron Boulart, de Lucien Bonaparte, de Fantin Desodoards et de Macdonald. Ens. 16 vol. in-8°, br.

267 — Mémoires et révélations d'un page de la Cour impériale. — Mémoires d'un apothicaire. — Mémoires d'un aide-major. — Aventures d'un marin. — Lettres d'un jeune officier à sa mère. — Mémoires du lieutenant-colonel Duteillet de Lamothe. — Mémorial et archives du baron Peyrusse. — Souvenirs militaires du baron Petiet. — Mémoires de Roustam. Etc. Ens. 20 vol.

268 — Mémoires de Barras, du Prince de Ligne, de M. Suard, du duc des Cars, de d'Artagnan, du duc de Lauzun et Journal de Jean Héroard. Ens. 18 vol.

269 — Mémoires de la marquise de La Rochejaquelein. — Souvenirs de Mme de Caylus. — Lettres et Mémoires de Mme de Rémusat. — Souvenirs de Mme Jaubert. Ens. 9 vol.

270 — Mémoires du baron de Vitrolles. — Correspondance de Sigismond Krasinski. — Mémoires de Gaspard de Saulx, sgr de Tavannes. — Journal du Maré-

chal de Castellane. — Correspondance de Victor Jacquemont. Ens. 15 vol.

271 — Mémoire du comte Belliard. — Souvenirs du colonel de Gonneville. — Œuvres de Louis XIV. Mémoires historiques et politiques. — Mémoires du comte Miot de Mélito. — Souvenirs d'un officier polonais. — Les cahiers du capitaine Laugier. — Les cahiers du capitaine Coignet. Ens. 15 vol.

272 — Mémoires pour servir à l'histoire de la guerre entre la France et la Russie en 1812. — Histoire de la guerre soutenue par les Français en Allemagne en 1813, par le général Guill. de Vaudoncourt. — Histoire des Campagnes d'Italie, en 1813 et 1814, par le même. 3 vol. in-4° br., publiés en 1817 et 1819. Avec les 3 Atlas.

---

273 — **Mémorial** de J. de Norvins, publié par Lanzac de Laborie. *Paris*, 1896-1897, 3 vol. in-8°, br.

274 — **Menzel** (Alf.). Illustrations des œuvres de Frédéric-le-Grand. *Paris*, 1822, 2 vol. in-4°, cart. de publ. Nombreuses figures sur teinte.

275 — **Métiers**. Lacroix, Duchesne et Séré. Histoire des Cordonniers. *Paris*, 1852, gr. in-8°, figures, demi-rel. — Art de la Chaussure. *Paris*, 1824, 2 vol. in-8°, br., planches lithogr. — Recherches historiques sur l'usage des Cheveux postiches et des Perruques. Traduit de l'allemand, de M. Nicolaï. *Paris*, *s. d.*, in-8°, cart., planches. Ens. 3 ouv. en 4 vol.

276 — **(Michaud)**. Biographie universelle ancienne et moderne. *Paris*, 1843, 45 vol. gr. in-8°, br.

277 — **Moniteur** (Réimpression de l'ancien), depuis la réunion des États-Généraux jusqu'au Consulat, 1789-1799, avec des notes explicatives, par L. Gallois. *Paris*, 1840-1845, 31 vol. gr. in-8°, demi-rel. (table comprise).

278 — **Montfaucon** (Dom Bernard de). Les Monumens de la Monarchie françoise. *Paris*, 1729-1733. 5 vol. in-fol., veau. Planches.

279 — **Paris**. Maindron. Le Champ de Mars. — Maquet. Histoire de la Bastille. — Dolot. Notice sur la Place Vendôme. — De l'Institution et de l'Hôtel des Invalides. — Marco de Saint-Hilaire. L'Hôtel des Invalides. — Colonel Gérard. Les Invalides. Ens. 6 vol., rel. ou br.

280 — Histoire des Tuileries, par Beaujoint. — Cte de Clarac. Description historique et graphique du Louvre et des Tuileries. — Les Tuileries et le Palais-Royal, par le Vte S. de L... — Les Tuileries en juillet 1832, par le Vte de Variclèry. Etc. Ens. 5 vol., rel. ou br.

281 — Jaillot. Recherches critiques, historiques et topographiques sur la Ville de Paris, 1775. Plans. 5 vol. — Landon. Description de Paris et de ses édifices. *Paris*, 1806-1809. 2 vol. — Saintfoix. Essais historiques sur Paris, 1763-1776. 6 vol. — Les Curiositez de Paris, Versailles, Marly, Vincennes, Saint-Cloud et environs, avec les antiquitez, par M. L. R. *Paris*, *Saugrain*, 1742. 2 vol., figures. Ens. 15 vol. in-12 et in-8°, rel.

282 — Le Palais du Luxembourg, fondé par Marie de Médicis. Origine et description de cet édifice, principaux événements dont il a été le théâtre depuis 1615 jusqu'en 1845, par Alph. de Gisors. *Paris*, 1847, in-4°, demi-rel. Figures.

283 — Paris à travers les âges. *Paris*, *Didot*, 1875, in-fol. en 14 livraisons dans les cart. de publ. Nombreuses planches et figures dans le texte.

284 — **Pauquet** frères. Modes et Costumes historiques (français). *Paris*, *s. d.*, in-4°, demi-rel., plats toile verte. — Modes et Costumes historiques étrangers. *Paris*, *s. d.*, in-4° en feuilles dans le cart. de publ. 2 ouv. contenant chacun 96 planches en couleurs.

285 — **Petit**. Histoire de la Révolution de 1830. Orné de 40 lithographies. *Paris*, 1831, in-fol., cart. de publ. Portraits et scènes.

286 — **Petitot et Monmerqué**. Collection complète des Mémoires relatifs à l'Histoire de France, depuis le règne de Philippe-Auguste jusqu'au commencement du dix-septième siècle. — Idem (deuxième série), depuis l'avènement de Henri IV jusqu'à la Paix de Paris conclue en 1763. *Paris*, *Foucault*, 1819-1829. 129 vol. au lieu de 131 (manque tome 2, 1re série et tome 37, 2me série), in-8°, demi-rel. (2 vol. sont br.).

287 — **Physiologies** (13). 4 vol. in-12, demi-rel. Figures.

La Femme (en double). L'Homme marié. Le Garde national. La Lorette. L'Etudiant. Le Musicien. L'Opéra. Le Vin de Champagne. Le Médecin. La Grisette. Le Théâtre. Le Buveur. L'Employé.

288 — **Plan de Paris** levé et dessiné par Bretez, sous les ordres de Messire Michel-Etienne Turgot. Gr. in-fol., rel. maroq. rouge aux armes de la ville. 20 planches et carte d'assemblage.

289 — Verniquet. Atlas du plan général de la Ville de Paris. *An IV*, in-fol., demi-rel. Complet en 72 planches.

290 — **Portraits des Grands Hommes**, femmes illustres et sujets mémorables de France, gravés et *imprimés en couleurs*, dédiés au Roi. *Paris*, *chez Blin*, *s. d.*, 2 vol. in-4°, demi-rel., contenant seulement 159 planches en couleurs d'après Sergent. Belles épreuves.

291 — **Précis des Evénemens** militaires, ou Essais historiques sur les Campagnes de 1799 à 1814, par le comte Mathieu Dumas. *Paris et Hambourg*, 1817-1826. 19 vol. in-8°, et Atlas in-fol., demi-rel.

292 — **Provinces.** Histoire du pays et de la ville de Sedan, par l'abbé Pregnon, 1856. 3 vol. — Mémoire sur la défense de Mézières, par le chevalier Lemoine, 1815. — Saint-Michel et le Mont St-Michel. *Paris*, *Didot*, 1880. Illustrations noir et couleurs. — Rueil. Le château de Richelieu, la Malmaison, par Jacquin et Duesberg, 1846. — Desforges. Notice sur le château de St-Germain-en-Laye. Etc. Ens. 9 vol.

293 — **Quatrelles.** A coups de fusil. Illustrations par de Neuville, 1877. — Maurice Loir. Au Drapeau ! *Paris*, 1897. Illustrations en couleurs. — G. de Raimes, Soldats de France. *Paris*, *s. d.* Figures. 3 vol. gr. in-8°, br. ou rel.

294 — **Raffet.** Expédition et Siège de Rome. *Paris, Gihaut, s. d.* In-fol. en feuilles.

36 planches coloriées, sur chine. Très belles épreuves.

295 — Voyage dans la Russie méridionale et la Crimée, par la Hongrie, la Valachie et la Moldavie, exécuté sous la direction de M. Anatole de Demidoff. Dédié à S. M. Nicolas Ier. *Paris, Gihaut, s. d.* In-fol. en feuilles. Texte et 100 planches sur chine (le titre en double état).

296 — Dessins faits d'après nature au Siège de la Citadelle d'Anvers. *Paris, Gihaut, s. d.* In-fol. en feuilles, dans la couvert. illustrée de publ. Bel exemplaire.

Frontispice et 24 planches, dont 16 en couleurs.

297 — 26 planches inédites. Costumes militaires français et étrangers. Portraits et sujets divers. Lithographiés au crayon, au lavis, à l'estompe et sur papier Aug. Bry. *Paris, Leconte,* 1860. In-fol. en feuilles dans la couvert. de publ. Ouvrage tiré à 100 exemplaires et effacé ensuite.

Exemplaire ne contenant que 24 planches sur chine, auquel on a joint les 3 fac-similés de dessin : Un Défilé nocturne, Le Cri de Waterloo et Cinq Mai (Apothéose de Napoléon). (G. 780 à 782.)

298 — (Notes et Croquis de), mis en ordre et publiés par Aug. Raffet, avec 257 dessins inédits gravés en relief par Amand-Durand. *Paris,* 1878. — H. Béraldi. Raffet, peintre national. 2 vol. in-fol., br.

299 — **Récits de guerre.** Souvenirs du capitaine Parquin, 1803-1814. — L'Invasion, 1870-1871, par Ludovic Halévy. *Paris, Boussod, s. d.* 2 vol. in-4°, rel. d'édit. Illustrations noir et couleurs.

300 — **Reclus** (Elisée). Nouvelle Géographie universelle. *Paris*, *Hachette*, 1879-1883. Europe 5 vol., Asie 3 vol. 8 vol. in-8° jésus. — Du même. La Terre. *Paris*, 1881-1883. 2 vol. in-8° jésus. Ens. 2 ouvrages en 10 vol. br. Figures.

301 — **Rembrandt** (L'Œuvre de) reproduit par la photographie, décrit et commenté par M. Charles Blanc. *Paris*, *Gide*, 1858. Gr. in-folio, demi-rel.

302 — **Restauration** (Histoire de la), par Capefigue. — Vaulabelle. Histoire des deux Restaurations. — Soirées de Louis XVIII. — Soirées de Charles X. — Voyage de Charles X au camp de St-Omer, etc. Ens. 20 vol., rel. et br.

303 — **Révolution**. Louis Blanc. Histoire de la Révolution française. 4 vol. in-4, rel. toile rouge. Figures. — Challamel et Ténint. Les Français sous la Révolution. In-8, demi-rel. Figures en couleurs. — P. Lacroix. Directoire, Consulat et Empire. *Paris*, *Didot*, 1885. In-8°, br. Figures noir et couleurs. Ens. 3 ouvr. en 6 vol.

304 — **Musée de la Révolution**. Histoire chronologique ornée de gravures d'après Raffet. 2 vol. — Mémoires d'un témoin de la Révolution, 1804. 3 vol. — Histoire du Directoire, par de Barante. 3 vol. Ens. 3 ouvr. en 8 vol., in-8°.

305 — **Les Principaux Evénemens de la Révolution de Paris**, et notamment de la semaine mémorable, par Ducray du Minil. Ouvrage présenté à M. le marquis de La Fayette. *Paris*, *Maradan*, 1789. In-8°, demi-rel.

maroq. rouge avec coins. 12 figures de Berthet, d'après Binet.

306 — **Revue illustrée**. F.-G. Dumas, directeur. *Paris, Baschet*, 1886-1890. 5 années en 10 vol., in-4°, demi-rel. Nombreuses illustrations en noir et en couleurs.

307 — **Revue militaire** (Revue d'histoire), rédigée à l'état-major de l'armée. *Paris, Chapelot*, 1899-1903. En volumes et fascicules (manque septembre 1902 et octobre 1903).

308 — **Russie** (Histoire de la Campagne de) pendant l'année 1812, par Marco de St-Hilaire. — Histoire de la dernière guerre de Russie (1853-1856), par L. Guérin. — Anat. de Démidoff. Voyage dans la Russie méridionale et la Crimée. 3 ouvr. en 5 vol., rel. Illustrations.

309 — **Okouneff**. Considérations sur la Campagne de 1812 en Russie. — Commandant Margueron. Campagne de Russie. — De Chambray. Histoire de l'expédition de Russie. — Napoléon et la Grande-Armée en Russie. — Colonel Boutourlin. Histoire militaire de la Campagne de Russie en 1812, etc. Ens. 15 vol.

310 — **Sacre de Louis XV** (Le), roy de France et de Navarre, dans l'église de Reims, le dimanche xxv octobre MDCCXXII. Gr. in-fol., rel. veau, aux armes. Superbes planches doubles et costumes en pied. Quelques cassures.

311 — **Sacre de S. M. l'Empereur Napoléon** (Le) dans l'Eglise Métropolitaine de Paris, le XI frimaire

an XIII, dimanche 2 décembre 1804. Gr. in-fol., demi-rel. Un angle mouillé. Ex-libris Em. Martin et Ruggieri.

Planches dessinées par Isabey et Fontaine, gravées par divers. La planche du Couronnement est en double à l'état d'eau-forte avancée. Une planche jointe avant toutes lettres (Bataille de Marengo).

312 — **Sainte-Hélène.** Translation du cercueil de l'Empereur Napoléon à bord de la frégate *la Belle-Poule*. Histoire et vues pittoresques de tous les sites de l'île se rattachant au Mémorial de Sainte-Hélène et à l'expédition de S. A. R. Mgr le prince de Joinville, par H. Durand-Brager. Dédié à M. le baron Gourgaud. *Paris, Gide*, 1844. 1 vol. gr. in-fol.

Deux exemplaires, l'un en demi-reliure et l'autre en feuilles.

313 — (**Saint-Victor**). Tableau historique et pittoresque de Paris, depuis les Gaulois jusqu'à nos jours. *Paris*, 1808-1811. 3 forts vol., in-4°, cart., non rognés. Nombreuses vues gravées à l'aquatinte.

314 — **Second Empire.** Campagne de Piémont et de Lombardie en 1859, par de Cesena. — Claretie. Révolution de 1870-1871. — Procès du maréchal Bazaine. — Bertall. Les Communeux de Paris, etc. Ens. 8 vol., rel. ou br.

315 — Général Ducrot. La Défense de Paris. — Général Trochu. Œuvres posthumes. — Sedan, par le général de Wimpffen. — Freycinet. La Guerre en province. — Commandant Rousset. Les Combattants de 1870-71. — Taxile Delord. Histoire du Second Empire. — Les Allemands, par le Père Didon. — Colonel Stoffel. Rapports militaires, etc. Ens. 23 vol. br.

316 — **Société d'Aquarellistes français**. Ouvrage d'art publié avec le concours artistique de tous les sociétaires. Texte par les principaux critiques d'art. *Paris, Launette et Goupil*, 1883, in-fol., 8 livraisons dans les cart. de publ., 24 planches hors texte.

317 — **Grands Peintres** Français et Etrangers. Ouvrage d'art publié avec le concours artistique des maîtres. Texte par les principaux critiques d'art. *Paris, Launette et Goupil*, 1884, in-fol., 8 livraisons en feuilles dans les cart. de publ., 24 planches hors texte.

318 — **Souvenirs et Mémoires**. Recueil mensuel de documents. Directeur Paul Bonnefon. *Paris, Gougy*, 1898-1901. 36 fascicules.

319 — **Spallart** (Robert de). Tableau historique des Costumes, des Mœurs et des Usages des principaux peuples de l'antiquité et du moyen âge. *Metz*, 1804-1809. 7 vol. in-8° et 2 Atlas in-4° obl., demi-rel. Nombreuses planches en couleurs.

320 — **Strasbourg** (Relation des Fêtes données par la ville de) à Leurs Majestés Impériales et Royales, les 22 et 23 janvier 1806, à leur retour d'Allemagne. *Strasbourg*, 1806, in-fol., cart. orig. 4 planches au trait, gravées par C. Guérin, d'après B. Zix.

321 — Strasbourg militaire, par Alfred Touchemolin. *Paris, Hennuyer*, 1894. Planches en noir et en couleurs. In-4° br.— Relation du voyage de Sa Majesté Charles X en Alsace, par Fargès-Méricourt. *Strasbourg*, 1829, in-4°, cart. orig., non rogné. Planches lithographiées. Ens. 2 vol.

322 — **Tableaux historiques** de la Révolution française (sans titre). 3 vol. in-fol., rel. basane verte. 132 planches.

322 *bis* — Autre exemplaire. 1 vol. contenant 56 planches. In-fol. cart., non rogné.

323 — **Ternisien d'Haudricourt.** Fastes de la Nation française. 2 vol. in-4°, demi-rel. Nombreuses planches.

324 — **Thiers.** Histoire de la Révolution Française, 4e édition. *Paris*, *Lecointe*, 1834. 10 vol. in-8° et Atlas in-fol., demi-rel.

325 — **Du même.** Histoire du Consulat et de l'Empire, faisant suite à l'Histoire de la Révolution Française. *Paris*, *Paulin el Lheureux*, 1845-1862. 20 vol. in-8°, demi-rel., chagrin vert.

326 — **Tour du Monde** (Le). Nouveau journal des voyages publié sous la direction de M. Edouard Charton et illustré par nos plus célèbres artistes. *Paris*, 1879-1882. Quatre années en 8 vol. in-4°, br. Nombreuses figures.

327 — **Triomphes de Louis-le-Juste** (Les), XIIIe du nom, roy de France et de Navarre, contenant les plus grandes actions où Sa Majesté s'est trouvée en personne..... avec les Portraits des rois, princes et généraux....., ensemble le plan des villes, sièges et batailles..... Le tout traduit en latin par le R. P. Nicolaï. Ouvrage entrepris et finy par Jean Valdor. *Paris*, 1649, in-fol., rel. veau. Nombreuses planches.

328 — **Vatout**. Histoire lithographiée du Palais-Royal. Dédiée au Roi. *Paris, Motte, s. d.*, in-fol., demi-rel., renfermant 40 planches lithographiées sur chine (scènes et portraits).

329 — **Du même**. Souvenirs historiques des Résidences royales de France (Versailles, Palais-Royal, Eu, Fontainebleau, Saint-Cloud). *Paris*, 1837-1839. 5 vol., in-8°, br.

330 — **Versailles** (Histoire de), de ses rues, places et avenues, par Le Roi. 2 vol. br., publiés en 1868. — *Du même*. Histoire anecdotique des rues, places et avenues de Versailles, 1854-1857-1867. 5 vol., demi-rel. Ens. 7 vol. in-8°.

331 — Versailles. Palais, Musées, Jardins. Gravures. — Versailles ancien et moderne, par le comte Alex. de Laborde, 1841. — Paris et Versailles il y a cent ans, par Jules Janin, 1874. — Nouvelle description des châteaux et parcs de Versailles et de Marly, par Piganiol, 1764. Ens. 5 vol. in-8° et in-12, rel. ou br.

332 — **Victoires, Conquêtes**, désastres, revers et guerres civiles des Français, de 1792 à 1815, par une société de militaires et de gens de lettres. *Paris*, *Panckoucke* 1817-1821. 27 vol. in-8° cartonnés, avec 2 Atlas in-fol. demi-rel.

333 — **Vie moderne** (La). Journal hebdomadaire illustré, littéraire et artistique. Années 1879-1880-1881. En 5 vol. in-fol., demi-rel. Nombreuses figures.

334 — **Viel-Castel** (Le comte H. de). Collection des costumes, armes et meubles pour servir à l'Histoire

de France depuis le commencement du ve siècle jusqu'à nos jours. Dédiée au Roi. *Paris*, 1826-1832. 3 vol. in-4°, en feuilles. 300 planches coloriées. — *Du même*. Collection de costumes, armes et meubles pour servir à l'histoire de la Révolution française et de l'Empire. *Paris*, *Canson*. *s. d.*, in-4°, demi-rel. 120 planches coloriées. Ens. 4 vol.

335 — **Viollet-le-Duc**. Dictionnaire raisonné du Mobilier français. *Paris*, *Morel*, 1872-1875. 6 vol. in-8°, demi-rel., chag. rouge. Figures.

336 — **Vivant-Denon**. Voyage dans la basse et la haute Egypte pendant les campagnes du général Bonaparte. *Paris*, *Didot*, 1802. 1 vol. in-4°, de texte et un Atlas in-fol. de 141 planches demi-rel.

337 — **Voltaire**. La Henriade. Ornée de dessins lithographiques. *Paris*, *Dubois*, 1825, in-4°, belle reliure. Nombreuses figures.

338 — **Waterloo** (Collection de 12 vues de). *Bruxelles*; *s. d.* 3 ouv. différents. Figures lithogr. — Inscriptions sur les monuments érigés à Waterloo. Ens. 4 brochures in-4°.

339 — **Watteau** (Cent Dessins de) gravés par Boucher. *Paris*, 1892, in-4°. — J. Adeline. Hippolyte Bellangé et son œuvre. *Paris*, 1880, in-8°. — Henri Regnault par Roger Marx. 3 vol. br.

340 — **Willemin**. Monuments français inédits pour servir à l'histoire des arts, depuis le vi[e] siècle jusqu'au commencement du xviie. *Paris*, 1839. 2 vol, in-fol., demi-rel. 300 planches noir et couleurs.

341 — **Du même.** Choix de Costumes civils et militaires des peuples de l'antiquité..., instruments de musique, meubles. *Paris, Piranesi*, 1798-1802. 2 vol. in-fol. de planches. Demi-rel.

342 — *Sous ce Numéro il sera vendu* **par lots** *quantité de bons livres d'histoire, art militaire, etc.*

ESTAMPES DIVERSES

BERTHAULT

343 — Vue perspective du Pont projeté par le sieur Perronet pour être construit sur la Seine au droit de la Place de Louis XV. D'après Desprès. Grand in-fol. Belle épreuve.

BOILLY (D'après)

344 — On la tire aujourd'hui. In-fol. Gravé par Tresca. Très belle épreuve. Avant la lettre. Petite marge.

345 — Les Petits Soldats. In-fol., par Gudin. Très belle épreuve, imprimée en couleurs. Tachée.

DEBUCOURT

346 — L'Heureuse Famille (M. F. 61). In-folio. Très belle épreuve. *Rare.*

347 — 1re Disgrâce de Ragotin. — Scène de Voleurs. — L'Orage. — Bienfaisance de Virginie. — La Maîtresse du Tintoret. In-fol. 5 pièces, dont 4 en couleurs.

348 — Route de Saint-Cloud. — Route de Poissy. — Retour des champs (en noir). — Traîneau d'un particulier. — Isvoschtschik en course. In-fol. Bonnes épreuves. Cinq pièces coloriées.

349 — Passez, payez. — Marchand de peaux de lapins. — Il n'y a pas de feu sans fumée. — Anglais en habit habillé. In-fol., d'après Carle Vernet. Quatre pièces. Belles épreuves coloriées.

DE LAUNAY

350 — Le Petit Prédicateur. — L'Éducation fait tout. Pendants, d'après Fragonard. — L'Innocence inspire la Tendresse. — La Félicité villageoise. Pendants, d'après Freudeberg. — Le Poète Anacréon. D'après Baudouin. Ens. 5 pièces. Belles épreuves, s. m. et doublées.

DESCOURTIS

351 — Vues de Suisse. — Cheval emporté. Avant la lettre. In-fol. Belles épreuves. Imprimées en couleurs. 5 pièces.

DESSINS

352 — *Palme*. Portraits de Louis XVI et Marie-Antoinette. Dessins calligraphiques, rehaussés de couleurs, 1790.

353 — *Raffet*. Croquis à la plume et au crayon. 6 pièces.

354 — Album de croquis, études, aquarelles, dessins à la plume et au crayon.

355 — Les Fils de Le Gouaz, par Ozanne, 1772. — Miniatures. — Ruines, etc. Ens. 10 pièces.

356 — Dessins anciens à la pierre de couleur et à la plume. 15 pièces.

357 — Dessins de toutes les Écoles. Lot important de 42 pièces.

DREVET

358 — Samuel Bernard. Portrait grand in-fol., d'après Hyacinthe Rigaud. Belle épreuve.

GÉRARD (D'après Mlle)

359 — L'Élève intéressante. In-fol., par Tassaert. Bonne épreuve.

GÉRICAULT

360 — Études de Chevaux. Lithographies, in-fol, 34 pièces. Belles épreuves.

HOLBEIN (D'après)

361 — Costumes Suisses. Hommes et femmes, d'après les originaux de la Bibliothèque de Bâle. Publiés par Christian de Méchel en 1790. Suite complète de 12 pièces.

INCROYABLES

362 — La Pièce curieuse. — Les Marionnettes. — La Folie du jour, etc. 7 pièces. Belles épreuves.

JAZET

363 — Histoire de Don Quichotte, in-fol., d'après Martinet. Suite complète de 6 pièces en couleurs. Tachées. Encadrées.

PORBUS (D'après)

364 — Maximilien de Béthune, duc de Sully. Portrait ovale, in-fol. Gravé par Frieselheim. Belle épreuve. Imprimée en couleurs.

RAFFET

365 — Le Réveil. 2 épreuves. — La Revue nocturne. In-fol. 2 pièces sur Chine. Belles épreuves.

366 — Retraite de Constantine. Titre et 6 pièces. — Prise de Constantine. Couverture et 12 pièces.

367 — Le Colonel du 17e léger. — Le Drapeau du 17e léger. — Mgr le duc d'Aumale. 3 pièces. Bonnes épreuves.

368 — Combat d'Oued-Alleg. Très belle épreuve sur Chine.

369 — L'Homme du peuple. — Italie. — Sire, vous pouvez compter sur nous. — Lutzen. — Provins. Etc. 7 pièces. Belles épreuves du 1er tirage.

370 — Pièces d'Albums, croquis, etc. Lot important, composé de 95 pièces.

SCHALL (D'après)

371 — Le Garde-Chasse scrupuleux. In-fol. Gravé par Le Grand. Très belle épreuve. Imprimée en bistre.

VERNET (D'après Carle)

372 — Exercice de Franconi (n° 1). In-fol. Gravé par Debucourt (M. F. 179). Bonne épreuve. Avant la lettre.

WATTEAU (D'après)

373 — L'Accordée de Village. Gr. in-fol. Gravé par de Larmessin. Très belle épreuve.

374 — La Villageoise. — L'Indiscret. — Le Repas de campagne. — Pour nous prouver que cette belle. — L'Heureux Loisir. In-fol., par Aveline, Aubert, Deplace, Surugue et Audran. 5 pièces. Belles épreuves.

WILLE (D'après)

375 — L'Essai du Corset. — Dédicace d'un Poème épique. Pendants in-fol. Gravés par Dennel. Très belles épreuves. Marges du cuivre.

376 — Le Bouton de rose. — La Curieuse. Pendants in-fol. Gravés par Voyer. Belles épreuves, s. m.

377 — Sous ce numéro, seront vendus plusieurs **Lots d'Estampes** : *Ecole française*, *Caricatures*, *Charlet*, *Bellangé*, *Pièces historiques*, *Portraits*, *Photographies*, *etc.*

RED. :

20

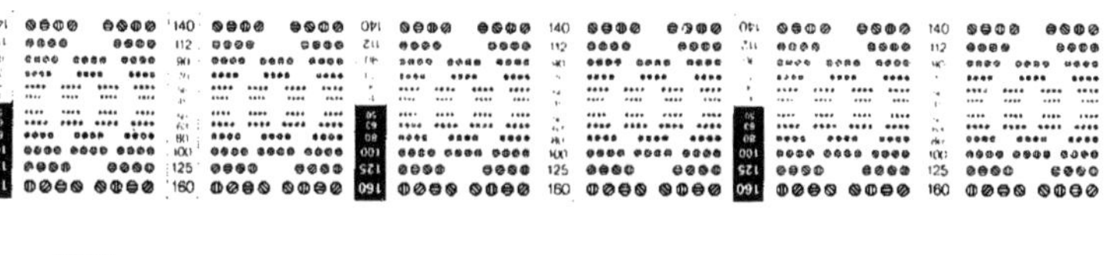

www.ingramcontent.com/pod-product-compliance
Ingram Content Group UK Ltd.
Pitfield, Milton Keynes, MK11 3LW, UK
UKHW020354180726
13839UKWH00003B/1085

9 782329 3190